Liebe Ariana,

hoffe die Geschichten gefallen

dir! Viel Spaß!!!

James Kauer

Der Erfinder und ich

Die absurden Abenteuer des Erfinders Adalbert Grünstein und seines Gehilfen Bartholomäus Böhm

James Kaunt

Mit Illustrationen von
Annika Liu

Der Erfinder und ich

Die absurden Abenteuer des Erfinders Adalbert Grünstein und seines Gehilfen Bartholomäus Böhm

James Kaunt

Mit Illustrationen von
Annika Liu

WAGNER VERLAG[10]
www.wagner-verlag.de

Ein Buch aus dem WAGNER VERLAG

Korrektorat: Marianne Glaßer

Titelbild und Illustrationen: Annika Liu

1. Auflage

ISBN: 978-3-86279-047-0

Bibliografische Information der Deutschen Nationalbibliothek:
Die Deutsche Nationalbibliothek verzeichnet diese Publikation in der
Deutschen Nationalbibliografie; detaillierte bibliografische Daten sind
im Internet über http://dnb.d-nb.de abrufbar.

Die Rechte für die deutsche Ausgabe liegen beim
Wagner Verlag GmbH,
Zum Wartturm 1, 63571 Gelnhausen.
© 2011, by Wagner Verlag GmbH, Gelnhausen
Schreiben Sie? Wir suchen Autoren, die gelesen werden wollen.

Über dieses Buch können Sie auf unserer Seite www.wagner-verlag.de
mehr erfahren!
www.podbuch.de
www.buecher.tv
www.buch-bestellen.de
www.wagner-verlag.de/presse.php
www.facebook.com/WagnerVerlag
www.facebook.com/meinverlag
Wir twittern … www.twitter.com/wagnerverlag

Druck: dbusiness.de gmbh · 10409 Berlin

Vorwort

Als kleiner Junge saß ich oft nachts da und überlegte, was wohl wäre, wenn es für alle Probleme der Welt eine passende Erfindung gäbe. Und obwohl ich immer wieder die tollsten Ideen hatte, wusste ich leider nicht, wie ich sie umsetzen sollte.

Adalbert Grünstein hat mich gelehrt, dass es auf das „Wie" auch gar nicht ankommt, sondern darauf, überhaupt Ideen zu haben. Die wirklich guten Ideen in unserer Welt werden nämlich immer seltener, sagt Professor Grünstein, und schlechte Ideen, aus denen schlechte Erfindungen werden, gibt es dagegen wie Sand am Meer.

Ich habe schon viele Menschen kennengelernt, aber noch keinen wie Adalbert Grünstein. Das Wort „unmöglich" existiert für ihn nicht und er ist meiner Meinung nach, ohne übertreiben zu wollen, der genialste Erfinder aller Zeiten. Seine Erfindungen sind jedoch manchmal so absurd und nicht von dieser Welt, dass es mich nicht wundern würde, wenn Adalbert Grünstein selbst eines Tages die Koffer packen und zu irgendeinem Stern aufbrechen und nur einen Zettel hinterlassen würde, auf dem steht, dass sein Besuch hier zu Ende sei und er nun weiterreise.

In den fantastischen Geschichten und Abenteuern, die ich ständig mit ihm erlebe, stecken nicht selten Wahrheiten, die mich weitergebracht haben und das ganze Leben besser verstehen haben lassen. Sechs Jahre arbeite ich nun schon als Gehilfe in seiner Werkstatt und ich habe in dieser Zeit so viel erlebt, dass es höchste Zeit war, die spannendsten dieser Abenteuer endlich aufzuschreiben.

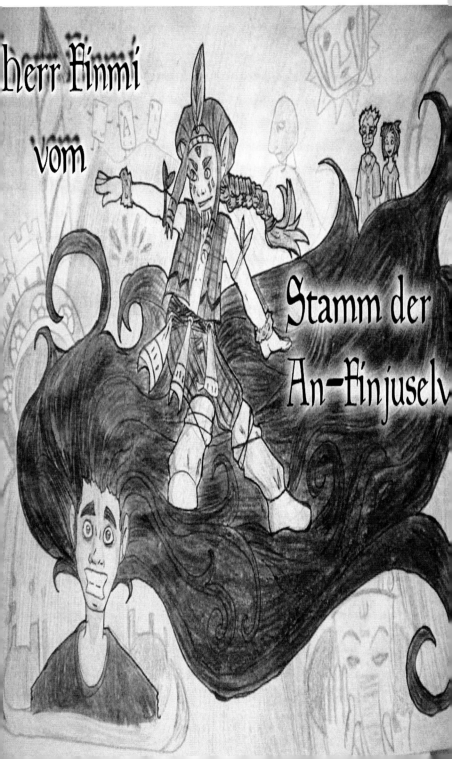

Kaum einer aus der Nachbarschaft hatte nicht schon irgendwann einmal von Professor Dr. Grünstein, dem genialen Erfinder, gehört. Doch viele sahen in ihm vor allem einen seltsamen, zurückgezogenen Einzelgänger, der oft Tage eingeschlossen in seiner Werkstatt verbrachte. Ich dagegen konnte mir nichts Spannenderes vorstellen, als dem Professor einmal bei seiner Arbeit in der Werkstatt zu assistieren, und Erfinder zu werden war eines der beiden großen Ziele, die ich als sechzehnjähriger Junge erreichen wollte.

Mein zweites Ziel war es, mich endlich zu überwinden, Jenny, das, wie ich fand, hübscheste Mädchen der ganzen Schule, zu fragen, ob sie mit mir ausgehen würde. Wie ich die Lage einschätzte, war ich jedoch von beiden Zielen noch meilenweit entfernt.

Jenny ging schon seit zwei Jahren auf unsere Schule und ich hatte es noch kein einziges Mal geschafft sie anzusprechen. Wahrscheinlich wusste sie noch nicht mal, dass ich überhaupt existierte. Und was das Erfinden betraf, war ich, laut meinen Lehrern, ein naturwissenschaftlich unbegabter, schusseliger, ungeschickter und unkonzentrierter Schüler. Doch dann kam der Tag, an dem ich Professor Grünstein kennenlernte.

Alles in allem war es ein stinknormaler, langweiliger Schultag gewesen, bis ich auf dem Heimweg plötzlich von einem lauten Knall erschreckt wurde. Es hatte geklungen, als wäre in einem der Hinterhöfe ganz in der Nähe irgendetwas explodiert. Die Werkstatt des Erfinders befand sich ungefähr in derselben Richtung, aus der das Geräusch gekommen war, und neugierig, wie ich war, machte ich mich augenblicklich auf die Suche. Bald fand ich mich in einer kleinen, verwinkelten Seitenstraße direkt vor einer großen hölzernen Tür wieder. Ein mit „Werkstatt und Labor" betiteltes Schild hing an der Tür und aus einem der Fenster stiegen giftig aussehende grüne Rauchwolken empor.

Ich näherte mich dem beschlagenen Fenster, sah ins Innere und hörte im selben Moment einen weiteren Knall, gefolgt von einem langen Zischen und noch mehr Rauch, der sich lila färbte und glitzerte. „In Deckung", schrie ein älterer Mann mit angesengten Haarspitzen, hechtete aus der Werkstatt springend auf mich und warf mich zu Boden.

„Junge, du bist zur richtigen Zeit am richtigen Ort", sagte der Mann, und während er mir nach oben half, fragte er mich, ob ich ihm nicht kurz bei etwas behilflich sein könnte. „Sie, Sie sind Professor Grünstein, nicht wahr?", erwiderte ich aufgeregt. „Das will ich doch hoffen", antwortete der Erfinder. „Hilfst du mir nun oder nicht?", fragte er, hielt die Luft an, huschte zurück in die Werkstatt und kam kurz darauf mit zwei Gasmasken in den Händen zurück. Hinter ihm, im Inneren der Werkstatt, brodelte und brutzelte es bedrohlich „Wir gehen da jetzt rein. Pass auf die explodierenden Sterne auf, ich schätze zwar, dass es nur harmlose platzende Träume sind, aber man weiß ja nie." „Platzende Träume?", wunderte ich mich und folgte dem Professor ahnungslos mit meiner Gasmaske im Gesicht in die Werkstatt. Wir kämpften uns durch ein Meer aus Rauchschwaden, die sich in den wunderschönsten Farben und verschiedensten Mustern durch die Luft schlängelten. Es war kein gewöhnlicher Rauch, sondern eher eine weiche, schaumartige Masse, die wie Dampf in der Luft schwebte und sich ständig verformte. Die ganze Werkstatt war voll von diesen merkwürdigen Dämpfen und überall um mich herum knallte und knisterte es.

Grelle Lichtblitze und glitzernde Feuerfunken fegten an dem Professor und mir vorbei und einige wie funkelnde Sterne aussehende Gebilde hingen scheinbar einfach so, mir nicht dir nichts, schwerelos im Raum. Von Zeit zu Zeit explodierte einer dieser Sterne und die dabei entstehenden dicken Rauchschwaden vermischten sich miteinander. Wenn man näher hinsah, konnte man in den Mustern der Dämpfe sogar die Umrisse und Silhouetten allerlei fantastischer Figuren erkennen.

Das Ganze beeindruckte mich so sehr, dass ich gar nicht bemerkt hatte, wo Professor Grünstein in der Zwischenzeit abgeblieben war. Schließlich sah ich ihn mit einer Art überdimensionalem Staubsauger in der Hand aus dem

hinteren Teil der Werkstatt auf mich zukommen. „Nimm den Traumsauger und stell dich neben die Eingangstür", befahl er mir. „Sobald ich die Gasmaske abnehme, muss es schnell gehen, denn wenn ich den Traum einatme, werde ich sofort einschlafen. Sobald das passiert, drückst du auf den roten Knopf hier, verstanden?" Ich befolgte die Anweisungen und brachte mich mit dem schweren Gerät neben der Werkstatttür in Position.

Der Professor nahm die Gasmaske ab, legte sich auf den Werkstattboden und schlief wie angekündigt ein. Fast gleichzeitig sammelten sich all die Rauchschwaden, Dämpfe, Sterne und Blitzlichter in einer dicken Wolke über seinem Kopf. Hastig suchte ich an der Maschine herum, bis ich den roten Knopf fand und ihn betätigte. Das staubsaugerähnliche Rohr am Ende der Maschine begann heftig zu vibrieren, drehte sich ohne mein Zutun in Richtung des schlafenden Erfinders und saugte das wundersame Wolkengebilde und all die fantastischen Figuren und Farben in sich hinein.

Im selben Augenblick wurde Professor Grünstein wieder wach und kam mit erwartungsvollem Blick auf mich zu. „Und? Hat es geklappt?", fragte er. „Ich weiß nicht. Ich glaube, das Ding hier hat alles eingesaugt", erwiderte ich. „Perfekt!", freute sich Professor Grünstein und erklärte mir, dass er die letzten Monate damit verbracht hatte, ein Gerät zu entwickeln, welches die Träume eines Schlafenden einfangen und in die reale Welt transportieren sollte.

Die farbenfrohen Gebilde und Gestalten, die ich in der Werkstatt gesehen hatte, waren also die freigesetzten Träume von Professor Grünstein gewesen, und um zu verhindern, dass sie einfach nur verpufften, hatte er den Traumsauger erfunden, der die Träume in einem speziellen Beutel konservierte.

Er nahm mir die Maschine aus der Hand, öffnete sie und zog etwas heraus, das aussah wie ein riesiges Stück Wackelpudding. „Da steckt er drin", rief der Professor mit leuchtenden Augen. Gespannt stand ich neben dem Erfinder und beobachtete, wie er den glibberigen Beutel nahm und ihn auf einen der Labortische legte. „Hey, ihr da. Mich habt ihr wohl vergessen!", sagte plötzlich eine eigenartige Stimme.

Wir drehten uns um und sahen hinter uns, mitten in der Werkstatt, ein winzig kleines, kaum einen halben Meter großes, mit indianischem Schmuck bekleidetes Männlein stehen, das uns mit einem breiten Grinsen im Gesicht zuzwinkerte. Ich hatte nicht mal bemerkt, wie es in die Werkstatt gekommen war, und auch der Professor schien über die Anwesenheit des seltsamen Zwerges ziemlich überrascht.

„Oho, oha! Wie unhöflich von mir, ich sollte mich wohl erst vorstellen, nicht wahr?", fragte das Männlein. „Ich bitte darum", erwiderte Professor Grünstein. „Finmi, Beli Finmi ist mein Name, vom Stamm der Anfin-Juselv." Professor Grünstein hatte genauso wenig wie ich je von diesem Stamm gehört und wir fragten unseren Besucher, was die Anfin-Juselv denn seien und wo genau sie herkämen.

„Ooch, uns kennt kaum einer", meinte der kleine Herr Finmi. „Und das, obwohl es jede Menge von uns gibt. Na ja, zugegeben, hier in der Wachwelt gibt es uns eigentlich gar nicht. Die Anfin-Juselv sind nämlich Traumwesen, und wie ihr euch vielleicht denken könnt, kommen wir auch nur in Träumen vor", erklärte er uns und lachte. „Unser Job ist es, den schlafenden Menschen, während sie träumen, etwas über sich selbst beizubringen." Herr Finmi musterte Professor Grünstein, der immer noch vor dem Beutel mit dem darin aufbewahrten Traum stand, und meinte: „Einen Traum einfangen, hmmh, ja, eine gute und lustige Idee, die ihr da habt." Professor Grünstein erklärte Herrn Finmi, dass er damit bezwecke, einen Traum in wachem Zustand zu erleben, um diesen so besser verstehen zu können. Herr Finmi grinste vergnügt und meinte, dass das ebenfalls ein gutes und lustiges Ziel sei, dass man dafür aber nicht solche komplizierten Erfindungen bräuchte, sondern einfach beim Schlafen mal mitschreiben müsse. Dann bekam er einen krampfhaften Lachanfall.

Als er sich wieder beruhigt hatte, fragte er mich, was ich denn von der Idee des Professors hielte, einen Traum in einem Beutel zu untersuchen. Ich meinte, dass sie genial sei, aber dass ich es nie für möglich gehalten hätte, dass man einen Traum überhaupt irgendwo außerhalb des Schlafs festhalten könne. „Gut! Stimmt!", rief Herr Finmi und klatschte in die Hände. „Wie kann man etwas festhalten, das man nicht greifen kann, nicht wahr? Herr Erfinder, dieser Bursche wäre ein super Gehilfe für Sie!", meinte er, woraufhin der Professor mich von oben bis unten nachdenklich musterte.

Als Angehöriger der Anfin-Juselv wusste Herr Finmi praktisch alles, was es über Träume zu wissen gab. Er erzählte uns, dass manche Träume rein gar nichts zu bedeuten hatten und nur dazu da waren, dass dem Schlafenden nicht langweilig wurde. Andere Träume wiederum hätten eine tiefere Bedeutung und enthielten oft wichtige Botschaften für den Träumenden. Da die meisten Menschen einfach träumen, ohne aufzupassen, vergessen sie jedoch schnell wieder, was in ihren Träumen passiert ist oder was diese einem mitteilen wollten.

„Wir Traumwesen wissen nicht nur alles über Träume, sondern sind auch an die Gesetze der Traumwelt gebunden, was bedeutet, dass wir so ziemlich alles machen können, was ihr Menschen für unmöglich haltet", sagte er, nahm ein Stück Kreide aus seiner Hosentasche und zeichnete damit einen perfekten weißen Kreis in die Luft. Dann malte er einen Henkel an den Kreis, zog kräftig daran, bis es „Plopp" machte und er ihn wie einen riesigen Topfdeckel aus der Luft nahm. Dort, wo er den Deckel herausgezogen hatte, war nun ein rundes Loch, durch das ein helles, bläulich schimmerndes Licht mitten in die Werkstatt strahlte.

„Folgt mir!", rief Herr Finmi und sprang durch das Loch. Der Professor zögerte nicht lange und stieg ihm hinterher. Ich steckte zunächst vorsichtig meinen Kopf hinein, doch da sah ich schon den grinsenden Herrn Finmi vor mir, der mich packte und durch die Öffnung hievte.

Wie von einem starken Sog erfasst, wurde ich durch das Loch gespült und verlor die Besinnung. Als ich wieder zu

mir kam, befand ich mich am Ufer eines breiten Flusses. Die Sonne schien und vor mir reichte eine breite Allee mit großen Bäumen bis zum Horizont. Links von mir sah ich Professor Grünstein und Herrn Finmi, die einige Meter vor mir gemeinsam auf ein Auto zu liefen, das mitten in einer Blumenwiese stand. Sie stiegen ein und fuhren los. „Halt, wartet!", schrie ich, woraufhin das Auto bremste. „Ach, du wolltest mit", rief Herr Finmi lachend aus dem Fenster, „na, dann beeile dich ein bisschen, du Schlafmütze."

„Wenn ihr in meiner Nähe seid, gelten die Regeln der Traumwelt", erklärte uns Herr Finmi. „Eine dieser Regeln besagt, dass man in Träumen einfach nur handelt, aber nie das, was man tut, hinterfragt. Alles, was im Wachzustand unmöglich ist, kann einem in seinen Träumen ganz normal erscheinen." Herr Finmi demonstrierte diese Traumregel eindrucksvoll, indem er uns auf die absurdesten Dinge hinwies, die wir von alleine gar nicht bemerkt hätten. Zum Beispiel hatten wir uns nie gefragt, warum Herr Finmi, obwohl er keine fünfzig Zentimeter groß war, ein Auto fahren konnte. Und als wir alle drei zum Zeitvertreib beschlossen hatten, auf dem Autodach des fahrenden Wagens Karten zu spielen, bemerkten wir erst, wie bizarr das Ganze war, als Herr Finmi uns darauf aufmerksam machte.

„So ist das in der Traumwelt, wir nehmen alles hin und fragen nicht, wieso oder weshalb. Deshalb funktioniert ja alles so gut. Schön, nicht wahr?", sagte er grinsend. „Wo fahren wir eigentlich hin?", fragte ich. „Wo immer du willst, schließe einfach deine Augen und stell dir etwas vor. Oder was meinen Sie, Herr Erfinder? Lassen wir uns von dem Jungen überraschen." Professor Grünstein hatte sich scheinbar schon gut in die Welt und Regeln des

Herrn Finmi eingelebt und meinte, es würde ihn über die Maßen interessieren, wo ich die beiden hinführen würde.

Ich schloss die Augen und sah Jenny vor mir. Als ich sie wieder aufmachte, parkten wir schon neben meinem Schulhof, direkt vor der Haltestelle, an der sie immer auf ihren Bus wartete. Und genau da saß sie auch.

Etwas in mir sagte, steig aus, geh zu ihr hin und sprich sie endlich an, aber ich blieb sitzen und starrte nur in ihre Richtung. Während ich Jenny so anhimmelte, bemerkte ich nicht, was zeitgleich um mich herum geschah.

Ein Blick zur Seite hätte genügt, um zu sehen, dass sich längliche braune Fäden wie dünne Würmer von allen Seiten durch das Auto schlängelten und immer länger und länger wurden. Ich bemerkte nicht mal, dass die braunen Massen, die langsam das ganze Auto überwucherten, aus meinem Kopf kamen. Es waren meine eigenen Haare, die scheinbar unaufhaltsam länger wurden.

Sie wuchsen und wuchsen und bahnten sich ihren Weg in alle Winkel und Ecken des Autos. Erst als sie auch das Fenster, durch das ich Jenny ansah, erreicht hatten, bemerkte ich den Ernst der Lage. Ich konnte mich kaum mehr bewegen und drohte ein Gefangener meiner eigenen Mähne zu werden. Die Haare verknoteten sich zu dicken Stricken, wuchsen um meinen Hals, umschlangen ihn und zogen sich fest, bis ich fast keine Luft mehr bekam. Von Professor Grünstein und Herrn Finmi fehlte jede Spur und plötzlich bekam ich Panik. Mit letzter Kraft erreichte ich die Türklinke und rollte mich aus dem fahrenden Wagen, bevor ich darin von meinen eigenen Haaren erstickt worden wäre. Ich versuchte meinem Haarwuchs zu entkommen und lief davon, doch die Haare wuchsen weiter und die Last war bald so schwer, dass sie mich zu Boden zwang und ich mich setzen musste.

Der Haarwuchs schien immer heftiger zu werden und bald saß ich alleine inmitten eines nimmer enden wollenden Haarmeeres.

Am Ende meiner überdimensionalen Haarpracht sah ich Professor Grünstein neben Jenny stehen und beide sahen in meine Richtung. Ich wünschte mir nichts sehnlicher, als einfach zu ihnen zu gehen. Doch meine Haare ließen mich nicht.

„Hey, Junge!", hörte ich plötzlich die Stimme von Herrn Finmi, der ein Surfboard aufgetrieben hatte und dabei war, in den Wogen meiner Haare auf einer meiner riesigen Locken zu surfen.

„Was hast du, mein Junge? Ist doch alles wunderbar!", schrie er vergnügt zu mir herüber. Ich zeigte verzweifelt auf die Haare und erklärte ihm, dass ich gerne bei Jenny und dem Professor wäre, mich meine Haare aber gefangen hielten. Herr Finmi meinte nur, dass ich doch schon längst neben ihnen stünde, weil meine Haare ja schließlich auch ein Teil von mir seien. Aber wenn ich unbedingt

lieber eine andere Frisur hätte, wäre das auch kein Problem.

Sein Surfboard verwandelte sich kurzerhand in eine riesige Schere und Herr Finmi sprang geschickt um meinen Kopf herum und schnitt mir mit ein paar Griffen die Haare wieder kurz. Das Meer an Haaren verschwand und im nächsten Moment hatte ich wieder meine alte Frisur. Weit entfernt sah ich, wie Professor Grünstein und Jenny sich verabschiedeten und in verschiedene Richtungen aufbrachen. „Nein!", rief ich, „wartet auf mich." Doch sie reagierten nicht.

„Manchmal", meinte Herr Finmi, „sind wir uns selbst so lange im Weg, bis es zu spät für uns ist, etwas, das wir wirklich wollen, zu erreichen, nicht wahr?" Daraufhin sah er auf seine Armbanduhr und sagte: „Ups, schon so spät. Na, dann hopp! Zeit zu gehen!"

Er drehte an dem Zeiger auf dem Ziffernblatt seiner Uhr und plötzlich lief alles im Rücklauf. Mir wurde schwindlig und ich fiel erneut in Ohnmacht. Als ich erwachte, stand ich wieder mit dem Traumsauger in der Hand in der Werkstatt von Professor Grünstein und sah den Erfinder ein zweites Mal die Gasmaske ausziehen und einschlafen. Meine Hand bewegte sich wie zuvor zum roten Knopf der Maschine, um den Traum einzusaugen, doch durch eine ungeschickte Bewegung blieb ich diesmal mit dem Traumsauger an meiner eigenen Gasmaske hängen. Die Maske fiel herunter und ich atmete die farbigen Traumdämpfe ein und fiel ebenfalls in einen tiefen Schlaf.

Professor Grünstein weckte mich mit einem zufriedenen Lächeln und ich sah mich nach Herrn Finmi um, aber es fehlte jede Spur von ihm. War alles nur ein Traum gewesen und hatte ich es durch meine eigene Tollpatschigkeit vermasselt, dem Professor zu helfen, indem ich mir selbst die Gasmaske abgezogen hatte und eingeschlafen war?

Professor Grünstein aber lobte mich und erklärte mir, dass wir, indem wir beide eingeschlafen waren, wohl denselben Traum gehabt hatten. „Du erinnerst dich doch an Herrn Beli Finmi vom Stamm der Anfin-Juselv und an das, was er uns über Träume erzählt hat?", fragte er mich und ich nickte.

Ich erinnerte mich wieder an meinen ungewöhnlichen Haarwuchs und verstand plötzlich, dass die Haare ein Symbol für etwas in mir waren, das mich daran hinderte, meine eigenen Ziele zu erreichen. Daraufhin überwand ich meine Schüchternheit und erzählte dem Professor, dass ich mir nichts sehnlicher wünschte, als selbst einmal ein großer Erfinder zu werden. Außerdem erzählte ich ihm von Jenny und davon, dass ich sie seit einem Jahr kannte, aber noch nicht einmal mit ihr gesprochen hatte.

Professor Grünstein lachte freundlich und war der Meinung, dass ich das mit Jenny wohl allein hinbekommen müsse, aber dass Herr Finmi, als dieser ganz am Anfang des Traums in der Werkstatt erschienen war, gemeint hatte, dass ich einen guten Gehilfen abgeben würde.

„Für gewisse Dinge ist ein Gehilfe ja vielleicht ganz nützlich. Na gut, so soll es sein", sagte der Professor und streckte mir seine Hand entgegen „Von nun an bist du mein Gehilfe", beschloss er und ich platzte fast vor Freude. „Es ist schließlich auch wichtig, sein Wissen einmal an jemanden, dem man vertraut, weiterzugeben, nicht wahr." Ich war überaus glücklich, dieser Jemand zu sein, und damit einem meiner Ziele einen großen Schritt näher gekommen.

Professor Grünstein fragte mich schließlich, ob ich mir den Namen von Herrn Finmi und den seines Stammes mal genauer angesehen hätte. Wenn man beide hintereinandersetzte und zusammenhängend aussprach, ähnelten sie mit etwas Fantasie sehr den englischen Worten: „Believe in me, and find yourself!" Glaub an mich und finde dich selbst. Was Herr Finmi uns damit sagen wollte, so glaubte der Professor, war, dass man nur zufrieden sein kann, wenn man sich selbst besser kennenlernt und herausfindet, wer man ist und was einem im Leben wichtig ist. Für mich bedeutete es, dass es an der Zeit war, all meinen Mut zusammenzunehmen und Jenny gleich am nächsten Morgen zum ersten Mal anzusprechen. Aber was aus mir und Jenny wurde, ist Teil einer anderen Geschichte.

Ziemlich genau seit einem Jahr arbeite ich nun schon für Professor Grünstein und das Erfinden ist noch viel spannender, als ich es mir vorgestellt hatte. Leider habe ich es immer noch nicht geschafft, Jenny zu erzählen, dass ich in sie verliebt bin.

Versteht mich nicht falsch, nach der Geschichte mit Beli Finmi bin ich, wie geplant, gleich am nächsten Tag zu ihr gegangen. Unser Gespräch lief super, nur leider erwähnte sie darin ganz beiläufig ihren Freund, mit dem sie nun schon seit über einem Jahr zusammen ist. Das Problem an der Sache ist, dass Jenny und ich uns mittlerweile richtig gut verstehen und wir nun so etwas wie beste Freunde sind. Wie soll ich ihr da sagen, dass ich schon, seit ich sie kenne, auf sie stehe?

Vor ein paar Tagen haben die Schulferien begonnen, und um mich davon abzulenken, dass Jenny mit ihrem Freund und dessen Familie in den Urlaub gefahren ist, verbrachte ich die meiste Zeit bei Professor Grünstein in der Werkstatt. Und dort gab es einiges zu tun, denn die neueste Erfindung des Professors, der „Immunostrahl 1.0", bereitete uns Kopfzerbrechen.

Der „Immunostrahl 1.0" war eine Art Software, die, wenn man sie auf dem Computer installiert, mittels eines Ernährungsstrahls Vitamine direkt an denjenigen liefert, der vor dem Computer sitzt. Die Idee war, dass damit vor allem Kinder und Jugendliche, die zu lange im Internet surfen, über den Bildschirm mit wichtigen Stoffen für die eigene Abwehr versorgt werden.

Doch die Erfindung hatte durchaus ein paar Haken. Der erste war, dass wir auch nach einer Reihe von Tests die Dosierung und Qualität der Vitamine, die über den „Immunostrahl" abgegeben wurden, immer noch nicht unter Kontrolle hatten. Da mir von Professor Grünstein die

Rolle des Versuchskaninchens auferlegt wurde, hatte ich in letzter Zeit nicht selten mit unangenehmen Nebenwirkungen wie Durchfall und Bauchschmerzen zu kämpfen.

Ein weiteres Problem bestand darin, dass jeder, der den „Immunostrahl 1.0" verwendete, Gefahr lief, noch PC-süchtiger zu werden, weil man nicht mal mehr zum Essen aufstehen musste. Außerdem hielt Professor Grünstein seine Erfindung für zu leicht manipulierbar, und wenn jemand erst mal hinter das Geheimnis des Immunostrahls gekommen wäre, könnte er neben Vitaminen und Nährstoffen theoretisch auch andere gefährliche Substanzen über den Bildschirm strahlen. Dieser letzte Aspekt wäre uns beinahe zum Verhängnis geworden, als vor ein paar Wochen ein unerwarteter Besucher in die Werkstatt kam.

Eigentlich war der Erfinder immer sehr darauf bedacht, nicht zu viel über seine Erfindungen an die Öffentlichkeit gelangen zu lassen. Die Arbeit an dem „Immunostrahl 1.0" wurde also streng geheim gehalten, aber selbst die besten Vorkehrungen können manchmal nicht verhindern, dass manche Informationen in die falschen Hände geraten.

Und in diesem Fall waren es von all den Händen dieser Welt die wohl hinterhältigsten und böswilligsten, die man sich vorstellen kann. Nämlich die des verrückten Edward Grim, der vollkommen besessen war von dem Ziel, das Wissen des Professors für seine eigenen heimtückischen Zwecke zu nutzen.

Grim war ein fanatischer Wissenschaftler und kriminelles Genie zugleich, das selbst vor den waghalsigsten Experimenten und Selbstversuchen nicht zurückschreckte, wenn es seinen finsteren Plänen diente. Gelegentlich setzte er dabei sein eigenes und fast immer das Leben anderer aufs Spiel. So war es nicht verwunderlich, dass bei einem seiner Versuche ein Teil von Edward Grim komplett wahnsinnig wurde und er seither mit allen möglichen Gegenständen spricht, als wären diese lebendige Wesen.

Als er uns das erste Mal besuchte, trug er einen langen schwarzen Mantel, schwarze Schuhe und unter seinem dunkelblauen Relags-Hut hingen die dünnen schwarzen Strähnen seines schütteren Haares in sein blasses Gesicht. Seine Haut war uneben und von lauter kleinen Narben und Rissen übersät und sein schmaler Mund war zu einem heimtückischen Grinsen verzogen.

Der Professor und ich waren gerade am hinteren Ende der Werkstatt beschäftigt, als Edward Grim eintrat. Er schien sich mit irgendwem oder irgendetwas zu unterhalten, holte einen Geldschein aus seiner Manteltasche hervor, legte ihn sorgfältig auf die Klinke der Werkstatttür und flüsterte dieser mit einem Augenzwinkern zu, sie solle in den nächsten Stunden niemanden herein- oder hinauslassen. Dann musterte er mit seinen kleinen grauen Augen akribisch jeden Winkel der Werkstatt. „Das dürfte interessant werden", murmelte Professor Grünstein, stellte den Bunsenbrenner auf den Boden, ging in die Küche und ließ mich mit dem sonderbaren Gast alleine.

Im selben Moment erreichte mich ein unbeschreiblicher Gestank, der eindeutig aus Edward Grims Richtung kam und sich bald in der ganzen Werkstatt ausbreitete. Da der Professor geflüchtet war, blieb es an mir, den übel riechenden Fremden zu begrüßen. Edward Grim hatte mittlerweile eine Tischlampe von einem der Labortische in die Hand genommen und kraulte diese, als wäre sie eine Hauskatze, sanft an ihrer Glühbirne.

„Eine nette Gesellschaft habt ihr hier versammelt und diese Kleine hier ist wahrlich ein Prachtexemplar. Sollte mir auch mal eine zulegen, sind gut fürs Gemüt, habe ich mir sagen lassen", meinte er mit einer zischelnden Stimme und deutlichem englischen Akzent. „Lampen?", fragte ich verwundert. „Ja, sehr kluge Geschöpfe, klüger als die meisten Menschen", sagte er und warf mir einen vorwurfsvollen Blick zu. „Aber kommen wir zur Sache", schrie er plötzlich und zeigte mit einem langen dürren Zeigefinger in Richtung der Küche.

„Professor Grünstein, nehme ich an."

„Ganz recht, und mit wem haben wir die Ehre?", entgegnete der Professor, der gerade wieder aus der Küche in die Werkstatt kam. „Grim, Sir, Edward Grim ist mein Name. Ich komme den weiten Weg aus England, und zwar in einer, wie soll ich sagen, sehr vertraulichen Angelegenheit."

„Nun ja", sagte Adalbert Grünstein. „Es tut mir außerordentlich leid, aber ich glaube, ich muss Sie bitten, an einem anderen Tag wiederzukommen. Ich wollte nämlich gerade wegen einer dringenden Angelegenheit die Werkstatt verlassen", entgegnete der Professor.

„Nein, ähm, bitte! Sir! Im Namen der Wissenschaft. Geben Sie mir nur einige Minuten Ihrer kostbaren Zeit. Ich verspreche Ihnen, es wird nicht lange dauern, bis ich habe, was, ähm, ich meine, bis ich Ihnen erklärt habe, worum es mir geht", flehte Grim.

Ich wusste, dass Professor Grünstein die Werkstatt keineswegs dringend verlassen musste, und vermutete, dass er unseren Gast einfach nur loswerden wollte, weil er ihm mit seinem sonderbaren Verhalten und dem beißenden Gestank, den er verbreitete, wahrscheinlich genauso unangenehm war wie mir.

„Hm, ich denke, ich könnte Sie gleich morgen früh empfangen, was halten Sie davon?", fragte der Professor und musterte Grim erwartungsvoll. Tatsächlich reagierte er äußerst merkwürdig. Er tippelte unruhig auf der Stelle und kaute dabei nachdenklich auf seiner Faust, während er für uns deutlich hörbar in sich hineinmurmelte: „Fünf Minuten, komm schon, Grim, das schaffst du! Dann hast du ihn!" Dann setzte er sich wie ein kleiner, trotziger Junge vor uns auf den Boden, verschränkte die Arme und meinte: „Ich werde nicht gehen, bevor Sie mich anhören!"

„Herr Grim, ich bitte Sie, stehen Sie vom Boden auf, wir sind doch zivilisierte Menschen. Wenn es wirklich so dringend ist, werde ich sehen, ob sich mein Termin noch etwas verschieben lässt. Dazu müsste ich allerdings kurz telefonieren. Bartholomäus, biete unserem Gast bitte einen Stuhl an, bis ich wieder da bin", meinte Professor Grünstein gelassen und verschwand erneut in der Küche.

Ich stellte derweil einen kleinen Tisch und drei Stühle bereit und nahm mit Edward Grim zusammen Platz. Es dauerte nicht lange, da kam Professor Grünstein mit einem Tablett und drei Tassen Tee aus der Küche zurück und meinte, dass er den Termin verschoben hätte und dass, wenn unser Gast schon den weiten Weg aus England gekommen sei, er sicherlich eine Tasse Tee nicht abschlagen würde.

Unser Gast wirkte unruhig, und während wir so beisammensaßen, hatte ich ständig das seltsame Gefühl, Edward Grim würde auf etwas Bestimmtes warten. Der Gestank hatte unterdessen nicht nachgelassen und ich konnte mich kaum mehr auf etwas anderes konzentrieren. Ich fragte mich gerade, ob Professor Grünstein den Geruch auch so unerträglich fand wie ich, als plötzlich meine Arme zu kribbeln begannen. Das Kribbeln wurde immer heftiger, bis meine Arme schließlich taub wurden und ich sie kaum noch bewegen konnte.

„Geht es dir nicht gut?", fragte mich Professor Grünstein, der meinen entsetzten Gesichtsausdruck bemerkt hatte. Und dann geschah etwas Seltsames. Die Frage des Professors löste in mir den unwiderstehlichen Drang aus, mich der Welt mitteilen zu müssen, und ich fing an, ohne dass ich es steuern konnte, die peinlichsten Dinge zu erzählen. „Danke der Nachfrage, Herr Professor, mir geht es schon viel besser als letzte Woche noch. Da hatte ich ja tagelang diesen schrecklichen Durchfall wegen Ihrer neuen, äußerst geheimen Erfindung, dem ‚Immunostrahl 1.0', von dem ich unter keinen Umständen jemandem erzählen darf. Eigentlich habe ich sogar bis heute noch ziemlich heftige Blähungen, aber zum Glück riecht unser Besucher selbst so übel, dass es keinem auffällt, wenn ich zwischendurch mal gehörig einen fahren lasse." Ich wollte damit aufhören, hatte aber keinerlei Kontrolle über meine Zunge und schilderte etwa fünf Minuten lang alle möglichen unwichtigen Einzelheiten meines Lebens und, was viel schlimmer war, alle geheimen Details des „Immunostrahl 1.0", die mir einfielen. Als der Rededrang wieder nachließ, hielt ich mir den Mund zu und mein Kopf wurde knallrot vor Scham. „Nun, das war doch schon sehr ergiebig", freute sich Edward Grim und setzte ein Grinsen auf, als wäre er der Teufel höchstpersönlich.

„Ah, vielen Dank für diesen äußerst ehrlichen Bericht, Bartholomäus", sagte Professor Grünstein. „Nun denn, kommen wir zu Ihrem Anliegen, Herr Grim. Ich kann mir nicht zuletzt wegen des Monologes meines Gehilfen hier nun ziemlich sicher den Grund Ihres Besuchs vorstellen", meinte Professor Grünstein und lenkte damit auch meine Aufmerksamkeit auf sich.

„Ich denke, und korrigieren Sie mich, wenn ich falsch liege, Herr Grim, dass Sie Ihr vorrangiges Ziel bereits erreicht haben und lange genug diesen bestialischen Gestank verbreitet haben. Die giftigen Dämpfe dürften ihre Wirkung mittlerweile schon voll entfaltet haben, nicht wahr?"

Unser Gast nahm hastig einen Schluck Tee, konnte aber nicht verbergen, dass er über die Maßen überrascht war, wie schnell der Professor ihm auf die Schliche gekommen war. „Giftige Dämpfe?", fragte ich entsetzt. „Ja, ganz richtig, Bartholomäus. Um genau zu sein, Dämpfe, welche eine bestimmte Pflanzenart freisetzt, wenn man sie richtig zubereitet. Ich glaube, Sie können uns nun getrost zeigen, was Sie im Inneren Ihres Mantels vor uns verstecken. Ihr Plan ist ja schließlich aufgegangen und das Wahrheitsserum, welches Sie präpariert haben, wirkt bereits."

„Wahrheitsserum?", fragte ich erneut. „Ja, und zwar ein äußerst wirksames", erklärte Adalbert Grünstein. Die Narben in Edward Grims Gesicht machten erneut Platz für sein dämonisches Grinsen und er holte aus dem Inneren seines Mantels einen Stoffbeutel hervor und legte die noch warmen, dampfenden Kräuter, die sich darin befanden, auf den Tisch.

„Tatsächlich, Paryphobia Damaranda! Respekt! Was Sie da geleistet haben, wurde und wird, wie Sie sicher wissen, vom derzeitigen Stand der Wissenschaft und von vielen meiner Kollegen für unmöglich gehalten", gratulierte Professor Grünstein.

„Wie Sie sicherlich wissen, ist in unserem Metier nichts unmöglich, Professor. Aber der Respekt gebührt ganz Ihnen. Ich hätte nie gedacht, dass Sie so schnell herausfinden würden, was ich im Schilde führe, und ich war mir sicher, mit diesem Gewächs etwas gefunden zu haben, mit dem selbst Sie sich nicht auskennen."

„Auskennen wäre zu viel gesagt. Sagen wir, ich weiß um die Wirkung, die sich so manch einer durch ein extrem gefährliches Aufbereitungsverfahren von dieser Pflanze vergebens erhoffte, und meines Wissens hat diese Pflanze die meisten von ihnen in den Wahnsinn getrieben. Es ist, soweit ich informiert bin, mit Ausnahme von Ihnen noch keinem gelungen, ein vernünftiges Präparat zu entwickeln. Aus den Narben auf Ihrer Haut schließe ich jedoch, dass auch Sie sich zahlreichen Qualen ausgesetzt haben, bevor Sie Ihr Ziel erreichten."

Edward Grim strich sich über die Kraterlandschaft, die sein Gesicht bedeckte. „In der Tat! Höllenqualen habe ich durchlitten und dieses entstellte Gesicht ist der Preis, den ich willens war zu bezahlen. Aber was zählt, ist der heutige Tag. Der Tag meines Triumphs. In der Tat habe ich mit Hilfe von Paryphobia Damaranda eine Mixtur kreiert, deren Dämpfe, wenn sie einmal eingeatmet werden, ihre Opfer lähmen und außerdem dazu führen, dass diese stundenlang all die Geheimnisse mitteilen, die in ihren Köpfen schlummern. Vor diesem ultimativen Wahrheitsserum ist selbst solch ein genialer Geist wie der Ihre nicht sicher, Herr Professor, und das geheime Wissen des wohl größten Genies unserer Zeit wird in Kürze mir gehören. Noch etwa eine Viertelstunde, dann dürfte mein Präparat seine volle Wirkung entfaltet haben und Sie werden mir alles erzählen, was nötig ist, damit ich den

‚Immunostrahl 1.0' selbst herstellen kann. Mit ein paar kleinen Veränderungen, versteht sich."

Dann sah Grim zu mir herüber. „Du warst eigentlich nicht mit eingeplant, Junge. Nimm es mir also nicht übel, wenn ich dich, sobald du anfängst zu quasseln, mitsamt deinem Stuhl in die Küche verfrachte." Ich wollte am liebsten aufstehen und den schmächtigen Edward Grim eigenhändig mit einem Tritt zur Tür hinausbefördern, merkte aber, dass nicht nur meine beiden Arme mittlerweile völlig gelähmt waren, sondern dass ich außer meinem Gesicht auch nichts mehr bewegen konnte. Ich war vom Hals an abwärts paralysiert.

„Kann mich nicht bewegen!", schrie ich panisch. „Beruhige dich, Bartholomäus. Du hast Herrn Grim gehört. Auch ich bin mittlerweile weitgehend gelähmt und, wie du vorhin schon selbst erfahren durftest, hat auch der zweite Effekt bereits begonnen und unser Gehirn wird sich dazu entscheiden, für alle geheimen Informationen, die es enthält, einen Tag der offenen Tür zu veranstalten. Herr Grim braucht also nur noch die richtigen Fragen zu stellen und schon kommt er hinter all die Geheimnisse des ‚Immunostrahl 1.0'. Ich schätze, er selbst hat eine Art Gegengift genommen, welches die Wirkung der Dämpfe neutralisiert."

Die Lage war eine Katastrophe und ich verstand nicht, weshalb Professor Grünstein in dieser Situation so seelenruhig bleiben konnte. Edward Grim sprang auf, lief mit geballten Fäusten jubelnd durch die Werkstatt und zelebrierte seinen Sieg über Adalbert Grünstein. „Nicht doch, nicht doch, zu viel der Ehre", rief Grim und dankte erst dem Tisch, dann dem Schrank, die seiner Ansicht nach mit tosendem Applaus seinen Triumph feierten. Dann nahm er die Tischlampe, die er immer noch für so etwas wie einen Schoßhund hielt, setzte sich mit ihr an den Tisch und erklärte uns, was er mit dem „Immunostrahl 1.0" anstellen wollte.

Aus seiner anderen Manteltasche zog er ein leer aussehendes, mit einem Korken verschlossenes Reagenzglas und hielt es in die Luft. „Ein eigens von mir kreierter digitaler Virus", rief er stolz. „Ich bin sicher, dass es ein Leichtes sein wird, den Immunostrahl so zu manipulieren, dass er statt den von Ihnen entwickelten gesunden Vitaminen meine tödlichen Viren auf die Menschen überträgt. Tausende unheilbar krank, ach, was sag ich, Millionen. Ha! Ein Chaos, wie es die Welt noch nicht erlebt hat, und ich werde es entfachen." Die Unfähigkeit, mich zu bewegen und diesem Irren Einhalt zu gebieten, machte mich verrückt, doch Adalbert Grünstein blieb weiterhin gelassen.

Dann setzte die Wirkung der Wahrheitsdroge ein, die wir über die Dämpfe der Pflanzenmixtur eingeatmet hatten. Ich verspürte erneut, wie meine Zunge sich selbstständig machte, und aus dem Professor und mir sprudelte etwa zeitgleich ein unbremsbarer Wortschwall heraus.

Edward Grim klatschte sich in die Hände und jubelte. Gleich würde er kommen und mich mitsamt Stuhl in die Küche tragen und dann den armen Professor ausquetschen, bis dieser ihm alles verraten hätte. Doch genau in dem Moment, als Grim auf mich zukam, geschah etwas Seltsames. Grim scheiterte an der Aufgabe, meinen Stuhl auch nur einen Zentimeter weit zu bewegen. Irgendwas schien ihm die Kräfte zu rauben. Er schnaufte, schwitzte heftig und musste sich schon bald gegen den Tisch lehnen, um sich auszuruhen.

Ich verstand zwischen meinem eigenen Gebrabbel und dem des Professors nicht, was Grim sagte, aber seine Miene verriet mir, dass er sauer war, stinksauer sogar. Ich sah, wie er an seiner Teetasse roch, wild gestikulierend den Professor verfluchte und bei dem Versuch, die Tasse nach diesem zu werfen, scheiterte, weil selbst die für Edward Grim zu schwer geworden war. Mit einer letzten Anstrengung schleppte er sich auf seinen eigenen Stuhl und fing an zu schnarchen.

So kam es, dass Professor Grünstein und ich zwei Stunden lang alles erdenkliche Wissen über die verschiedensten Erfindungen von uns gaben, ohne dass Edward Grim auch nur einen Satz davon mitbekam. Für mich hatte das Wahrheitsserum durchaus etwas Lehrreiches, denn beim Mir-selbst-Zuhören fand ich heraus, dass ich mich, was Jenny betraf, immer noch belog, und ich merkte, dass ich nicht länger nur ihr „guter Freund" sein wollte.

Irgendwann, mein Mund war schon ganz ausgetrocknet, ließ der Rededrang endlich nach. Bei Professor Grünstein hatte die Droge schon etwas früher zu wirken aufgehört und er hatte, nachdem auch seine Lähmungserscheinungen vorübergegangen waren, sofort die Polizei verständigt. Bald darauf wurde der sich immer noch im Tiefschlaf befindende Edward Grim von einem Streifenwagen abgeholt und in das nächste Polizeipräsidium gebracht. Das Reagenzglas mit dem Virus behielt Professor Grünstein, untersuchte es und fand heraus, dass es ohne den „Immunostrahl 1.0" ziemlich harmlos war.

Als auch ich wieder voll bei Kräften war, erklärte mir Professor Grünstein, wie er es geschafft hatte, Grim zu überlisten. Schon beim Betreten der Werkstatt war ihm der ausgebeulte Mantel aufgefallen, der ihm verriet, dass unser Gast etwas verbarg. Auch der Geruch war der geschulten Nase des Professors nicht entgangen, und er hatte ihn ziemlich schnell jener seltenen Pflanze namens „Paryphobia Damaranda" zugeordnet, von der er wusste, dass man versucht hatte, aus ihr ein Wahrheitsserum zu extrahieren. Da in seiner Laufbahn schon viele versucht hatten, hinter die Geheimnisse seiner Erfindungen zu kommen, vermutete der Professor von Anfang die bösen Absichten unseres Besuchers, konnte sich dieser aber nicht sicher sein.

Er hatte sich also vorsichtshalber in die Küche zurückgezogen, um aus seiner eigenen Sammlung an Heilkräutern ein heftig wirkendes Schlafmittel zuzubereiten. Dazu goss er zwei Tassen mit normalem Tee auf, sodass der Besucher nichts ahnen würde, wenn er ihm den präparierten Tee servierte.

Um Edward Grim auf die Probe zu stellen, täuschte er vor, die Werkstatt wegen einer dringenden Angelegenheit verlassen zu müssen. Derart im Zugzwang, offenbarte Edward Grim, dass er alles versuchen würde, um Adalbert Grünstein so lange in der Werkstatt zu halten, bis die Pflanze ihre giftigen Dämpfe entfaltet hatte. Dies war für Professor Grünstein Bestätigung genug gewesen und er brachte den für Grim so verhängnisvollen Tee ins Spiel.

Professor Grünstein gab zu, dass ihn irgendetwas an Edward Grim faszinierte. Vielleicht weil selbst er, Adalbert Grünstein, sich nicht erklären konnte, wie Grim hinter das Geheimnis jenes giftigen Rezepts, an dem vorher so viele gescheitert waren, gekommen war. Edward Grim war ein genialer Irrer, dem die eigene Besessenheit zum Verhängnis geworden war, weil genau diese ihn so berechenbar machte. Das bedeutete aber auch, dass ihn dieser Rückschlag nicht aufhalten würde, und so war es bei Weitem nicht das letzte Mal, dass wir mit dem verrückten Edward Grim das Vergnügen hatten.

Mir hatte die Geschichte mit Edward Grim zu denken gegeben. Etwas hatten er und Professor Grünstein gemeinsam, weil sie beide viel Zeit für das, was sie taten, opferten, und je länger ich für Adalbert Grünstein arbeitete, merkte ich, dass auch mir kaum mehr Zeit für andere Dinge blieb. Das letzte Schuljahr war einfach an mir vorbeigerauscht und plötzlich hatte ich mehr schlecht als recht mein Abitur bestanden. Die meisten meiner Freunde fingen an zu studieren oder ins Ausland zu gehen, doch ich hatte mich längst mit Leib und Seele dem Erfinden verschrieben.

Nur ein kleiner Teil in meinem Herzen rebellierte und erinnerte mich von Zeit zu Zeit daran, dass es noch ein Leben außerhalb der Werkstatt gab und dass ich Jenny immer noch nicht mitgeteilt hatte, was ich für sie empfand, weil ich Angst hatte, damit unsere Freundschaft zu gefährden. Nachdem ich ihr von Edward Grim erzählt hatte und davon, wie er uns mit stinkenden Kräutern vergiftete, war Jenny ziemlich schockiert gewesen und sie fand, dass ich besser auf mich aufpassen sollte.

Für Professor Grünstein war dies ein eindeutiges Zeichen und er meinte, ich müsse ihr endlich die Wahrheit sagen. Seine aufmunternden Worte hatten mich nach einigen Wochen tatsächlich fast dazu bewogen, reinen Tisch zu machen, doch kurz bevor ich mich dazu entschloss, rief Jenny an und meinte, sie würde für ein Jahr ins Ausland gehen, und um sie bei ihrer Entscheidung nicht zu beeinflussen, entschied ich mich wie immer, meine Gefühle für mich zu behalten.

Als Jenny zurückkam, hatte sie keinen Freund mehr. Ich nahm zwar gleich wieder Kontakt mit ihr auf, doch ein neues Projekt des Erfinders nahm Tag und Nacht meine Zeit in Anspruch, so dass ich es kaum schaffte, sie zu

besuchen. Es ging um eine außergewöhnliche Damen-
handtasche, die Professor Grünstein und ich für eine
gewisse Madame Étoile angefertigt hatten. Madame Étoile hatte uns zum ersten Mal vor etwa einem Jahr besucht,
als sie mit zwei Handtaschen in den Händen, einer extrem großen, unhandlichen und einer kleinen, winzigen,
durch die Tür marschiert war. Sie hatte uns ihr Problem
zuvor schon ausführlich am Telefon erklärt. Es ging

darum, dass für all die kleinen Dinge, die sie täglich mit-
nahm, in ihrer normalen Handtasche ständig zu wenig
Platz war. „So sollte meine Handtasche aussehen", sagte
Madame Étoile und wedelte mit der kleinen Tasche, „und

so viel sollte hineinpassen", sagte sie und entleerte den Inhalt der großen Handtasche auf einen Tisch in der Werkstatt. Adalbert Grünstein bat Madame Étoile, ihm die kleine Handtasche zu geben. Er ging zu einem Schrank mit der Aufschrift „innen größer als außen", entnahm ihm etwas, das wie ein faustgroßer gläserner Würfel aussah, und legte ihn in das Innere der kleinen Handtasche. „Sehen Sie", sagte Professor Grünstein und steckte seinen Arm bis zur Schulter in die Handtasche. „Unglaublich!", erwiderte Madame Étoile.

Adalbert Grünstein hatte mir schon oft versucht zu erklären, wie das mit den „Innen-größer-als-außen-Würfeln" funktionierte, aber ich verstand gerade mal so viel, wie einem der Name verriet. Die Würfel besaßen einen Innenraum, der um ein Vielfaches größer war, als ihr Äußeres vorgab. Madame Étoile war angesichts ihrer neuen Tasche überglücklich und verstaute all die Dinge, welche sie in der großen Handtasche mitgeschleppt hatte, in dem Würfel, der sich nun in ihrer kleinen Handtasche befand. Professor Grünstein erklärte ihr, dass sie, um wieder an die Sachen zu kommen, nur den Würfel aus der Tasche nehmen und den „Entleeren"-Knopf zu drücken brauche, der an dessen Außenseite angebracht war. Er gab ihr drei weitere Würfel mit und schlug vor, diese der Übersicht halber zu beschriften, um nicht zu vergessen, was sich in welchem von ihnen befand.

Madame Étoile war begeistert und hatte bald all ihre Würfel fein säuberlich sortiert und mit den Aufschriften „Schminkzeug", „Lunchpaket", „Bürokram" und „Accessoires" gekennzeichnet. Etwa einen Monat später kam sie erneut in die Werkstatt und meinte, dass sie nun auch für Lebensmittel und Einkäufe, die sie in der Stadt erledigen müsse, Platz in der Tasche benötigen würde. Adalbert

Grünstein schlug ihr vor, dafür eine etwas größere Tasche zu kaufen, die er dann so ausstatten könne, dass sie ihren Anforderungen genüge.

Kaum zwei Tage später war die neue Handtasche abholbereit und wieder war sie eine Zeit lang sehr zufrieden. Nach zwei Wochen aber kam sie erneut und beklagte sich über das ständig zunehmende Gewicht der Tasche. Längere Stadtbummel, Lebensmitteleinkäufe und dergleichen waren, wenn man sie vollgepackt hatte, kaum mehr möglich. Außerdem fragte Madame Étoile, ob man, vorausgesetzt, Professor Grünstein kriege das Problem des Gewichts in den Griff, die Tasche nochmals erweitern könne, so dass auch sperrige Gegenstände wie etwa Fahrräder oder ein Klavier darin Platz hätten.

Adalbert Grünstein behielt die Tasche also ein weiteres Mal in der Werkstatt und installierte an der Unterseite zwei Würfel, in die er mit Düsen betriebene Luftkissen einsetzte, so dass die Tasche nicht mehr getragen werden musste, sondern selbstständig schweben konnte. Ein ferngesteuerter Henkel, der über eine Infrarotschnittstelle mit der Tasche verbunden war, sorgte außerdem dafür, dass sie ihrem Besitzer überallhin folgte.

Danach entwickelte Professor Grünstein weitere Würfel, deren Innenräume weitaus größer und deren Öffnungen elastisch waren. Man konnte nun selbst in die faustgroßen Würfel hineinsteigen und darin problemlos auch so sperrige Gegenstände wie Fahrräder oder Möbel verstauen. Nach einigen Tests stellten wir fest, dass es von außen bald nicht mehr möglich war, an all die Dinge zu gelangen, die sich im Inneren der Tasche befanden.

Um dieses Problem zu lösen, brauchten wir etwas mehr Zeit, und um zu verhindern, dass Madame Étoile immer wieder aufs Neue eine verbesserte Handtasche verlangte, teilte Professor Grünstein ihr mit, dass er zwei Monate Zeit benötigen würde, bis das fertige Werk endgültig für sie bereitstünde. Adalbert Grünstein hatte beschlossen, den gesamten Innenraum der Tasche mit einem Treppenhaus auszustatten und wie eine mehrstöckige Wohnung zu gestalten. Außerdem machte er ihre Öffnung elastisch und die Tasche damit begehbar. Sobald man sich in der Tasche befand, führte einen die Treppe nun durch die verschiedenen Stockwerke zu den jeweils in Regalen angeordneten Würfeln. Im Keller der Tasche hatte Adalbert Grünstein zusätzlich einen großen leeren Raum eingebaut, in dem man die Würfel entleeren und wieder auffüllen konnte, ohne sie jedes Mal aus der Tasche nach oben transportieren zu müssen.

Als das Meisterstück schließlich fertig war, gingen Professor Grünstein, Madame Étoile und ich gemeinsam in ihre Handtasche und der Erfinder führte uns durch die Räumlichkeiten und die hübsch sortierten Regale mit den zahlreichen Würfeln. Zwei weitere Monate verstrichen und Madame Étoile rief in regelmäßigen Abständen an, entweder um uns mitzuteilen, wie glücklich sie mit ihrer Handtasche sei, oder aber um weitere Verbesserungsvorschläge anbringen zu lassen. So wurde die Tasche und all ihre begehbaren Würfel mit Licht ausgestattet, ein elektronischer Lastenfahrstuhl angebracht, mit dem man die schweren Gegenstände von den unteren Etagen nach oben befördern konnte, und sogar ein extra WC-Würfel für jegliche Ausscheidungsprodukte wurde installiert.

Ein halbes Jahr nach ihrem ersten Besuch war Madame Étoiles Handtasche endgültig fertig. Von außen war die Tasche nun vielleicht so groß wie eine kleine Einkaufstüte, aber über die tatsächliche Größe ihres Innenraumes hatte ich längst den Überblick verloren und auch Professor Grünstein hätte sich ohne die Baupläne, die er zum Glück sorgfältig aufbewahrt hatte, nie in all ihren verwinkelten Räumen und Zimmern ausgekannt.

An einem Samstagmorgen saßen Professor Grünstein und ich gemeinsam in der Küche der Werkstatt beim Frühstück, als er mir mitteilte, dass er mittlerweile gewisse Bedenken bezüglich der Handtasche von Madame Étoile bekommen habe. Nach diversen Tests war ihm aufgefallen, dass, wenn man sie überfülle, womöglich Risse im Inneren der Würfel entstehen könnten, die womöglich zu einem Defekt des gesamten Systems führen würden. Schließlich war er sich sicher, dass ein kaputter Würfel für jemanden, der sich gerade in der Handtasche befand, ziemlich gefährlich wäre.

„Du kennst mich, Bartholomäus, ich schreibe niemandem gerne etwas vor und bin der Auffassung, dass jeder im Leben bestimmte Fehler selbst machen muss, um aus ihnen lernen zu können. Aber bei der Handtasche von Madame Étoile frage ich mich nun schon seit einiger Zeit, ob ich nicht längst einen Schlussstrich hätte ziehen sollen."

„Wie meinen Sie das, Herr Professor?", fragte ich neugierig.

„Nun, ich denke, irgendwann sollte man doch zufrieden sein mit dem, was man hat. Es kommt mir so vor, als würde Madame Étoile am liebsten die ganze Welt in ihrer Tasche mit sich herumtragen. Ich muss gestehen, es hat mir selbst Spaß gemacht, die Tasche immer weiter auszubauen, aber seit den letzten Tests mit den Würfeln meine ich doch, dass diese Tasche nicht mehr ganz ungefährlich ist."

„Ich finde die Tasche vor allem ziemlich unübersichtlich", fügte ich hinzu. „Du hast recht, Madame Étoile könnte sich durchaus darin verirren, aber nicht nur das, Barthel. Viel bedenklicher wäre ein defekter Würfel." In dem Moment hörten wir den Anrufbeantworter des Werkstatttelefons, welches wir beim Frühstücken stets auf lautlos geschaltet hatten.

Professor Grünstein hörte die erste Nachricht ab. Aus der Maschine ertönte ein Rauschen, das teilweise von einer leisen, undeutlichen Stimme unterbrochen wurde. Es war die Stimme von Madame Étoile und es handelte sich eindeutig um einen Hilferuf. „Chrrz, Tasche, Chrrrzzt, den Ausgang nicht, Chhhrrrrrrrtz, Hilfe! Chrrrrpfft", war alles, was wir verstehen konnten, bevor die Verbindung abbrach.

Professor Grünstein schnappte sich sofort die Baupläne der Handtasche und wir machten uns in Windeseile auf zur Wohnung der alleinstehenden Dame. Als nach mehrfachem Klingeln keiner öffnete, zeigte Professor Grünstein auf ein gekipptes Fenster neben der Eingangstüre. Er holte einen kleinen Metallstab aus seinem Werkzeuggürtel hervor, mit dem er mühelos das gekippte Fenster aus der Angel hob, und wir stiegen durch das Fenster in die Wohnung.

Im Wohnzimmer lag ein fetter Kater auf einem Kissen, der, seinem Halsband nach zu urteilen, auf den Namen Felix hörte, und direkt neben ihm auf dem Teppich entdeckten wir die Handtasche. Aber wo war Madame Étoile? Professor Grünsteins betroffener Blick sagte mir, dass wir denselben Gedanken hatten und dass Madame Étoile in die Tasche gestiegen und ihr etwas zugestoßen sein könnte. Ohne weitere Zeit zu vergeuden, stiegen wir gemeinsam in die Tasche und machten uns auf die Suche nach ihr. Der Kater machte ein Gesicht wie eine Eule mit

Glubschaugen, als er mich und Professor Grünstein in der kleinen Handtasche verschwinden sah.

Das Erste, was uns auffiel, war, dass es im Inneren der Tasche stockfinster war. Es musste einen Kurzschluss oder etwas Ähnliches gegeben haben, denn die ganze Elektrik, die Professor Grünstein installiert hatte, war außer Gefecht. Professor Grünsteins Werkzeuggürtel enthielt aber zum Glück eine Taschenlampe, mit der wir den Weg beleuchten konnten.

Im Licht der Lampe sah ich die Treppe, die vor uns in eine endlose Dunkelheit führte. Langsam begannen wir unseren Abstieg in die Katakomben der Handtasche und bald schon erreichten wir die erste Ebene fein sortierter „Innen-größer-als-außen-Würfel". Die tatsächliche Suche nach Madame Étoile begann aber erst auf der zweittiefe-ren Ebene, denn da hatte Professor Grünstein die neuen,

begehbaren Würfel eingebaut. Wir mussten also jeden der Würfel einzeln aus seinem Regal nehmen, in ihn hineingehen und dort nach Madame Étoile suchen. Es dauerte etwa eine Stunde, bis wir die zweite Ebene komplett durchforstet hatten, aber außer etwas Gerümpel aus ihrem Garten, ein paar Fahrrädern und einem Würfel, der wie ein Wohnzimmer eingerichtet war, fanden wir nichts.

In der dritten Ebene fanden wir eine Fülle von Gegenständen und es war wirklich bemerkenswert, was die gute Dame alles in ihrer Tasche verstaut hatte. Wir fanden einen mit „Botanik" gekennzeichneten Würfel, der komplett mit Pflanzen zugestellt war. Ein anderer beinhaltete Küchenutensilien, einer ganze Kleiderschränke und Schuhregale und einmal fanden wir sogar einen Würfel, in dem Madame Étoile eine beachtliche Sammlung toter Schmetterlinge und anderer Insekten aufbewahrte.

Etliche Würfel später kamen wir zu einem Regal, das mit der Aufschrift „Lebensmittel" gekennzeichnet war. Am Ende des Regals sahen wir im Dunkeln ein blitzartiges Leuchten.

„Wie ich es befürchtet hatte, ein defekter Würfel!", meinte Professor Grünstein entsetzt.

Ich erinnerte mich an unser Gespräch in der Werkstatt und dass der Professor mir, bevor wir den Hilferuf von Madame Étoile erhalten hatten, etwas über die Gefahr eines solchen Würfeldefekts hatte sagen wollen.

Er erklärte mir, dass der wahrscheinlichste Defekt ein Riss im Inneren des Würfels wäre, was bedeutete, dass sich in diesem Moment die Atmosphäre aus dem Würfel mit der der Handtasche vermischte. Die genauen Auswirkungen seien äußerst schwer zu berechnen, aber in den häufigsten Fällen dehne sich der Raum im Inneren des Würfels immer weiter aus, während der Raum unmittelbar außerhalb des Würfels sich verkleinere. Irgendwann würde der defekte Würfel schließlich implodieren und damit vermutlich alles, was sich sonst so in der Tasche befand, mit sich reißen.

Als wir den defekten Würfel mit der Aufschrift „Lebensmittel" betraten, befanden wir uns auf einer von Nebel bedeckten Wiese und vor uns im Dunkeln erkannten wir die schemenhaften Umrisse eines Waldes. „Der Defekt muss schon vor ein paar Tagen aufgetreten sein. Es sieht so aus, als hätte sich der Innenraum nicht nur ausgedehnt, sondern eine Art Eigenleben entwickelt", erklärte mir Professor Grünstein. Unter diesen Umständen schien es unmöglich, Madame Étoile zu finden, sofern sie sich überhaupt in dem defekten Würfel aufhielt.

Wir wanderten weiter durch die mystische Welt, die sich vor uns entfaltete, bis wir an einem kleinen Teich vorbeikamen. „Sieh nur, der Wasserspiegel, Barthel!", rief der Professor und zeigte auf das Ufer des Teichs. Tatsächlich sah es so aus, als wäre noch vor Kurzem weitaus mehr Wasser in dem Tümpel gewesen. Der kleine Weg, auf dem wir uns befanden, führte direkt in den Nadelwald, dem wir bereits ein gutes Stück näher gekommen waren. Plötzlich schreckte der Professor zusammen. „Schhht, leise, Barthel, hörst du das?" Ich konnte nicht ausmachen, was es war, aber etwas kam aus dem Wald direkt auf uns zu, doch der Nebel verhinderte, dass wir es genauer sehen konnten. Das Geräusch wurde immer deutlicher und es hörte sich an wie das Prasseln hunderter kleiner Füße, begleitet von einem Schnarren und Quaken. Regungslos starrten Professor Grünstein und ich in den Nebel und warteten darauf, dass sich das unsichtbare Etwas zeigen würde. Es war nun keine zehn Schritte mehr entfernt und plötzlich sahen wir, wie eine Flut aus Kröten und Fröschen vor uns auf dem Weg erschien und panisch an uns vorbeihüpfte.

„Der Teich, die Kröten! Barthel, wenn ich mich nicht irre, sind das keine guten Zeichen, wir müssen schleunigst hier raus!", flüsterte Professor Grünstein. Plötzlich bemerkte ich einen ekelhaften Geruch, der von dem Wald zu kommen schien. „Riecht irgendwie nach Komposthaufen hier", meinte ich. „Was stand noch mal auf dem Würfel?", fragte Professor Grünstein. „Lebensmittel", erwiderte ich. „Na, dann nichts wie hin!" Wir folgten dem Geruch und erreichten bald einen mehrere Meter im Durchmesser großen Haufen Lebensmittel, der schimmelnd vor uns auf dem Boden lag. Madame Étoile hatte anscheinend eine Art Kompostwürfel eingerichtet, der aber eindeutig weit über das zulässige Gewicht gefüllt worden war. „Das ist der ursprüngliche Würfel, von hier aus dehnt er sich aus", sagte Professor Grünstein. Hinter dem Haufen entdeckten wir ein riesiges, scheinbar ins Nichts führende Loch. „Da, der Defekt! Ein Riss im Würfel!", schrie der Professor.

Dann vibrierte der Boden unter mir. „Haben Sie das gespürt, Professor?" „Das habe ich befürchtet, Barthel. Manche Wissenschaftler vermuten, dass sich Naturkatastrophen voraussagen lassen, indem man die Alarmsignale der Natur beobachtet. Rapide sinkende Wasserspiegel und Kröten, die panisch fliehen, sind unter Umständen Anzeichen für den Beginn eines Erdbebens."

Kaum hatte er es ausgesprochen, krachte es unter uns und der ganze Boden erzitterte. Der Riss im Würfel wurde größer und auf der Stirn des Professors bildeten sich plötzlich tausend kleine Falten, wie immer, wenn er verbissen und hochkonzentriert nach einer Lösung suchte.

„So muss es sein! Schnell, Bartholomäus, wir müssen durch den Riss springen. Die Zeit ist knapp, und wenn ich die Lage richtig einschätze, befinden wir uns durchaus in Gefahr." Der Riss im Würfel führte wieder ins Innere der Handtasche. „Ich glaube, der Würfel bringt das gesamte Gleichgewicht der Tasche ins Wanken!", schrie der Professor, während wir aus dem defekten Würfel in den

Hauptraum der Handtasche fielen. Bald waren auch hier
die Auswirkungen des Erdbebens, das der defekte Würfel

verursachte, zu spüren. Weil uns die Zeit davonlief,
schrien wir die Würfel nur noch von außen an in der

Hoffnung, ein Lebenszeichen von ihr zu hören. „Madame Étoile! Hallo, sind Sie hier?"

Die Treppe würde bald einstürzen. Dann endlich, nachdem wir schon Stunden vergebens in der Tasche umherirrten, hörten wir ein Lebenszeichen der alten Dame. „Hier, ich bin hier drin", klang eine verzerrte Stimme zu uns durch. „Sehen Sie, Herr Professor, dort auf dem Boden!", rief ich.

Vor uns lag ein kleiner Würfel, der scheinbar durch die Beben aus dem Regal gefallen war.

„Kommen Sie raus, Madame Étoile, hier bricht gleich alles zusammen!" Madame Étoile aber antwortete, dass sie nicht könne, weil der Eingang aus irgendeinem Grund verschlossen sei.

„Natürlich ist er das!", rief der Professor. „Er liegt mit der Öffnung zum Boden." Kaum hatten wir den Würfel aufgehoben und dessen Eingang aufgezogen, plumpste uns Madame Étoile und mit ihr einige Äpfel, ein Laib Brot und eine Flasche Apfelwein entgegen.

„Bin ich froh, euch zu sehen, Kinder. Ich wollte nur etwas fürs Abendbrot nach oben bringen, als es plötzlich bebte und ich hier drin gefangen wurde, aber nun ist ja alles wieder gut", sagte Madame Etoile erleichtert. „Noch nicht ganz! Der Würfel wird bald implodieren, Barthel, schnell raus hier, ehe alles zusammenbricht", warnte der Professor und mit Madame Étoile zwischen uns liefen wir, so schnell uns unsere Beine trugen, die Treppe hinauf.

Kaum hatten wir die nächsthöhere Ebene erreicht, bröckelte hinter uns die Treppe unter einem weiteren Beben zusammen. Bald passierten wir die erste Ebene und über uns sahen wir das Licht des noch offen stehenden Tascheneingangs. Noch während ich die Treppe hochrannte, verspürte ich einen merkwürdigen Druck, als würde mein Körper von irgendetwas zusammengepresst werden. Plötzlich sahen wir ein riesiges grünes Auge, das uns vom Ausgang der Tasche anstarrte. Wie versteinert blieben wir angesichts der monsterhaften Erscheinung stehen.

Dann ertönte ein grauenhaftes Geräusch und ich glaubte, mein Trommelfell würde platzen. Es war das Maunzen einer Katze, nur tausendmal lauter. „Felix, mein Kleiner, warst du das?", fragte Madame Étoile. „Aber klar!", rief Professor Grünstein. „Wir sind geschrumpft worden. Während der defekte Würfel innen immer größer wird, wird der Rest der Tasche immer kleiner."

Madame Étoiles Kater hatte sich derweil hockend vor der Tasche positioniert und wartete darauf, dass wir ihm sozusagen als „Running Sushi" direkt in den Rachen laufen würden. Wir befanden uns in einer Zwickmühle. Hinter uns würde gleich alles zu Staub zerfallen, während vor uns der einzige Ausweg durch ein mit scharfen Zähnen gespicktes Maul einer riesigen Monsterkatze versperrt wurde.

So darf es nicht enden, dachte ich mir. Ich war gerade einundzwanzig geworden, eindeutig zu jung zum Sterben. Ich wollte doch noch Erfinder werden und außerdem hatte ich noch nie eine richtige Freundin gehabt und das Mädchen, das ich liebte, war gerade wieder Single geworden, bemitleidete ich mich selbst. Ich sah den Professor an, dessen Stirn gerade wieder Falten, so tief wie der Marianengraben, bekam, und ich wusste, dass all unsere Hoffnung von diesen Furchen, Falten und Kratern abhing.„Ich hab's", rief er und auf seine Anweisung hin liefen wir bis kurz vor das offene Maul der Katze und warteten ab. Die Luft war schwer zu atmen und bestand aus einem Gemisch aus dem Staub der zerstörten Treppe hinter uns und dem übel stinkenden Mundgeruch von Felix, dem Kater. Dann hörten wir einen lauten Knall und im selben Augenblick schrie Professor Grünstein: „Jetzt!", und wir sprangen alle drei vor das offene Maul des Katers. Der Knall war der defekte Würfel, der implodiert war und sich in nichts aufgelöst hatte, was, wie der Professor wusste, bedeutete, dass wir in Sekundenbruchteilen wieder unsere normale Größe zurückbekamen, gerade noch rechtzeitig, bevor alles in der Tasche, uns eingeschlossen, zu Staub zerfallen wäre.

Dem Kater von Madame Étoile hatten wir einen heftigen Kinnhaken und einen Schreck fürs Leben versetzt, als wir in voller Größe in Madame Étoiles Wohnzimmer landeten.

Ein paar Sekunden ruckelte und vibrierte die Tasche noch heftig, und ein kleines Rauchwölkchen kam aus der Öffnung und verpuffte. Der Professor hob sie auf, drehte sie um, und ein Häufchen Staub fiel aus ihr heraus. „Alles verloren. Ich werde Ihnen den Inhalt natürlich erstatten", meinte Professor Grünstein zu Madame Étoile.

Die aber war so dankbar darüber, dass wir sie aus der Tasche befreit hatten, dass sie mir und dem Professor nacheinander an den Hals sprang und uns umarmte. Madame Étoile lud uns, um die Rettung aus der Tasche zu feiern, fortan ein Jahr lang einmal im Monat zu Kaffee und Kuchen ein.

Einmal meinte sie, dass sie mittlerweile froh sei, dass sie sich um so viele Sachen, für die sie sowieso nie Verwendung gehabt hatte, nun nicht mehr kümmern müsse, weil sie in der Tasche zerstört worden waren. Sie wisse nun viel mehr zu schätzen, was es eigentlich bedeute, wenn die Menschen sagten: „Weniger ist mehr". Außerdem trug sie seither entweder gar keine oder eine ganz normale Handtasche mit sich herum, in der sie stets nur Dinge aufbewahrte, die sie auch tatsächlich brauchte.

Als ich nach dem Abenteuer nach Hause kam, rief ich sofort Jenny an und angesichts der Tatsache, dass ich fast in einer Handtasche zu Staub zermalmt und von einem Riesenkater gefressen worden wäre, meinte sie, dass sie sich Sorgen um mich mache, wenn ich immer an solch gefährlichen Experimenten teilnahm, was mir irgendwie gefiel. Außerdem meinte sie, dass sie mich gern mal wieder sehen würde, weil sie mir etwas Wichtiges zu sagen hatte.

Somit wendete sich doch noch alles zum Guten und Professor Grünstein und ich schlossen das Kapitel der Innen-größer-als-außen-Würfel aufgrund des zu hohen Risikos solcher Erfindungen nach dieser Geschichte ab.

Nur der Kater Felix würde sich in diesem Leben wohl nicht mehr von seinem Schock erholen und jedes Mal, wenn uns Madame Étoile einlud, versteckte er sich mit aufgestelltem Fell vor dem Professor und mir unter einem Sofa.

Der Rabe mit dem weissen Fleck

In den letzten Wochen ging es ungewöhnlich ruhig zu in der Werkstatt. Es kamen kaum Kunden und Professor Grünstein hatte mir daher freie Hand über die Apparate, Mixturen und all die schönen Dinge, die noch so in der Werkstatt herumlagen, gegeben und mich damit beauftragt, endlich mal selbst etwas zu erfinden. Auf diesen Moment hatte ich schon seit meinem ersten Tag als Gehilfe gewartet und doch kam der Zeitpunkt gerade jetzt irgendwie ungelegen. Der Grund war, dass sich mit Jenny in letzter Zeit alles so toll entwickelte.

Vielleicht erinnert ihr euch, dass sie mir nach der Sache mit Madame Étoile etwas Wichtiges hatte sagen wollen. Sie hatte mir gestanden, dass sie in mir mehr als nur einen Freund sah, und nach insgesamt sechs langen Jahren des Wartens war ich nun tatsächlich mit ihr zusammen. Ich war deswegen so aufgeregt, dass ich, anstatt mich auf das Erfinden zu konzentrieren, ständig an Jenny denken musste und mich dadurch noch schusseliger und tollpatschiger anstellte als sonst.

Wann immer ich in meiner Zeit als Gehilfe Fehler gemacht hatte, schickte mich Professor Grünstein als Strafe zum Abwasch in die Küche und deshalb war die Idee naheliegend, dass meine erste Erfindung ein Spülmittel werden sollte, das, wenn es mit dreckigem Geschirr in Berührung kommt, dieses von selbst säubert und praktisch ohne fremde Hilfe den Abwasch erledigt. Leider gelang es mir nur ansatzweise, diese geniale Idee in die Tat umzusetzen.

Immerhin war ich so weit gekommen, ein herkömmliches Spülmittel mit einigen Substanzen aus der Werkstatt zu kombinieren, um ein Mittel zu kreieren, das bei Berührung mit Dreck und Essensresten in Schwingung geriet und vorwärts und rückwärts zu schwappen begann. Anstatt das Geschirr zu säubern, hatte das Hin-und-her-Geschwappe aber zur Folge, dass meine Mixtur auf heftige Weise zu schäumen anfing. Als ich mich gerade mal wieder in Gedanken an Jenny träumend auf einen Wischmopp lehnte, rutschte ich aus und verschüttete den Bottich mitsamt dem Gemisch auf den dreckigen Küchenboden. Das Experiment geriet dadurch völlig außer Kontrolle, und ehe ich mich versah, war ich von einer riesigen hin und her schwappenden Schaummasse umgeben, die mit mir als unfreiwilligem Gast eine riesige Schaumparty in der Küche der Werkstatt veranstaltete.

Ich rettete mich aus den Schaumfluten, schloss die Tür hinter mir und beichtete Professor Grünstein das misslungene Experiment. Keine fünf Handgriffe später hatte er ein Mittel gefunden, welches die Reaktion meiner Flüssigkeit neutralisierte. Wie gewohnt blieb Professor Grünstein sehr geduldig mit mir, und anstatt mich zu ermahnen, erklärte er mir lediglich, weshalb er mich damals als Gehilfen engagiert habe.

„Du bist im Geiste noch ein kleiner Junge, das warst du schon immer und das mag ich an dir", sagte er. Professor Grünstein war fest davon überzeugt, dass ein Erfinder das Kind in sich pflegen müsse, um eine vorurteilsfreie und fantasievolle Herangehensweise beim Erfinden an den Tag zu legen. Ich hätte jedoch so viel Kind in mir, dass es mir schwerfiel, es zu kontrollieren, weshalb ich beim Erfinden oft so unkonzentriert sei.

Das Gespräch führte dazu, dass mir Professor Grünstein den Rest des Tages freigab und mich mit einer anderen Übung beauftragte, die er selbst einmal als junger Erfinder ausprobiert hatte. Er wollte, dass ich mir irgendetwas, egal, ob Mensch, Pflanze oder Tier, aussuchte und es den Rest des Tages beobachtete. Nicht nachdenken, nur beobachten. Am Ende des Tages sollte ich mich zu Hause an den Schreibtisch setzen und überlegen, welche Erfindung für das, was ich beobachtet hatte, sinnvoll sein könnte.

Ich beschloss, ein Tier zu beobachten, denn eine Pflanze bliebe die ganze Zeit nur auf einer Stelle und ein Mensch würde sich vielleicht etwas bedrängt fühlen, wenn man ihn den ganzen Tag lang verfolgte. Ich hatte bereits eine Idee, welches Tier mir als Versuchskaninchen dienen sollte, und ich hoffte es mit etwas Glück zu Hause an meinem Fenster anzutreffen. Es handelte sich nämlich um einen Raben, der in letzter Zeit täglich an mein Wohnzimmerfenster geflogen kam, ein paar Mal mit dem Schnabel dagegenklopfte und darauf wartete, dass ich ihn wieder verjagte.

Auf dem Heimweg kam mir ein buckliger alter Mann entgegen, der seit Kurzem in die Nachbarschaft gezogen war und dem ich den Namen Herr Angstwurm gegeben hatte. Wie er wirklich hieß, wusste ich nicht, aber es gab nichts, was diesen Mann nicht erschreckte. Unter Menschen zu sein war für ihn eine Qual und sein Verfolgungswahn ließ ihn bei jeder Begegnung mit anderen Passanten einen kleinen Nervenzusammenbruch erleiden. Irgendwie hatte ich Mitleid mit ihm. Sogar wenn ich ihn nur grüßte, zuckte er vor Schreck zusammen und lief murmelnd davon. Auch ein gutes Versuchsobjekt für meinen Auftrag, dachte ich, als Herr Angstwurm mit seinem Gehstock, seiner rotbraunen Fellmütze und seiner getönten Brille an mir vorbeiging.

Außerdem war Herr Angstwurm allergisch, aber ich hatte es aufgegeben, ihm bei seinen Niesanfällen Gesundheit zu wünschen aus Angst, den armen Mann dadurch zu Tode zu erschrecken. Einmal hatte ich ihm seine Brille, als sie ihm beim Niesen von der Nase gefallen war, auf-

gehoben, und als ich aufstand, um sie ihm wieder-
zugeben, hatte Herr Angstwurm bereits die Flucht ergrif-
fen und war schreiend davongelaufen.

Um Herrn Angstwurm keinen Herzinfarkt zu bescheren,
entschied ich mich doch lieber für den Raben. Zu Hause
angekommen, öffnete ich das Wohnzimmerfenster und
wartete ab. Es dauerte nicht lange, da kam der Rabe ans

Fenster geflogen, hüpfte dreist ins Zimmer herein und starrte mich vom Sofa aus an. Das Erste, was mir auffiel, war, dass der Vogel einen seltsamen weißen Fleck auf der Stirn trug. Ich nahm Notizblock und Stift und begann, wie Professor Grünstein es mir aufgetragen hatte, ihn zu beobachten. Der Rabe schien mich ebenfalls zu beobachten und es folgte ein Duell, wer wen länger anstarren konnte, aus welchem der Rabe eindeutig als Sieger hervorging.

Zufrieden hoppelte er hinüber zum Fenster, flog wieder auf den Sims, drehte sich zu mir um, krähte, als wolle er sagen: „Mir nach!", und sprang in den Innenhof. Ich tat, wie der Professor es von mir verlangte, und folgte meinem gefiederten Freund nach draußen. Dieser hüpfte vergnügt an den Häusern vorbei bis hin zu dem kleinen Bach, der durch unsere Nachbarschaft fließt. Seltsamerweise blieb er alle paar Meter stehen, um sich zu vergewissern, ob ich ihm auch tatsächlich folgte. Bald erreichten wir eine der kleinen Brücken, die über den Bach führten. Langsam wunderte ich mich, weshalb der Rabe nie wirklich flog, sondern nur hüpfte, doch dann, ich war ihm gerade bis zur Mitte der Brücke gefolgt, breitete er seine Flügel aus und verschwand in einem der umliegenden Bäume.

Ich war so damit beschäftigt, den Raben zu beobachten, dass ich gar nicht bemerkte, dass ich auf der Brücke nicht mehr alleine war. Die kühle, feuchte Schnauze eines ausgewachsenen Schäferhundes berührte meine Hand und ich zuckte zusammen. Weit und breit war kein Besitzer zu sehen. Mir fiel sofort auf, dass auch der Hund einen Fleck auf der Stirn trug, nur war der des Hundes im Gegensatz zu dem weißen Fleck des Raben rot. Ich drehte mich um und auf der anderen Seite der Brücke standen ein Biber und ein Eichhörnchen. Nach und nach folgten zwei große Kater, ein paar Frösche und Kröten, weitere Raben und einige andere Vögel, die es sich alle auf der Brücke gemütlich machten. Und jedes der Tiere hatte einen seltsamen farbigen Fleck auf der Stirn.

Als ich wieder in den Baum sah, war der Rabe mit dem weißen Fleck verschwunden. Ich sah mir die anderen Raben auf der Brücke an, doch er war nicht unter ihnen. Die Brücke sah mittlerweile aus wie eine kleine Arche Noah und irgendwie fühlte ich mich leicht bedrängt und versuchte mich deshalb zwischen den ganzen Tieren hindurchzumogeln.

Es folgte ein wildes Fauchen der Kater, Schwanzklatschen des Bibers und Herumgeflattere der Raben, von denen mich einer ziemlich heftig mit dem Schnabel in den Arm pickte. Das Ganze versetzte mir einen gehörigen Schreck, woraufhin ich zur anderen Seite der Brücke rannte, um zu fliehen. Ein Zähnefletschen und Knurren des Schäferhundes später begriff ich, dass auch dieser Weg versperrt war und ich von den Tieren auf der Brücke gefangen gehalten wurde.

Ich setzte mich also auf den Boden, woraufhin sich die Tierversammlung prompt beruhigte, und überlegte, wie ich aus dieser Lage wieder heil herauskommen könnte. Plötzlich landete der Rabe mit dem weißen Fleck direkt vor mir, drehte sich abwechselnd zur linken und rechten Seite und schien den anderen Tieren mit lautem Gekrächze irgendwelche Anweisungen zu geben.

Was dann passierte, war wirklich verrückt. Der Schäferhund kam auf mich zu und lehnte sich neben mir mit den Vorderbeinen aufs Brückengeländer und die beiden kräftigen Kater stemmten sich von vorne gegen seine Hinterbeine, sodass der Hund sich vom Brückengeländer abstoßen konnte und nun, zwar etwas wackelig, aber doch fast aufrecht auf zwei Pfoten balancierte. Jetzt kamen das Eichhörnchen und der Biber dazu. Ersteres kletterte auf den Kopf des Hundes, kringelte sich zusammen und sah bald aus wie eine Fellmütze, die dem Hund als Kopfbedeckung diente. Der Biber war dem Hund währenddessen auf den Rücken geklettert, hatte den Kopf eingezogen, und weil sein Fell fast dieselbe Farbe wie das des Hundes hatte, sah es nun so aus, als hätte der Hund einen ziemlich üblen Buckel. Zu guter Letzt kamen ein paar Raben mit einem Stock angeflogen und andere Vögel eilten zu Hilfe und hievten mit ihren Schnäbeln sanft eine der Kröten auf ein Ende des Stockes. Dann trugen sie ihn mitsamt Kröte zum Hund, der seine Vorderpfote vorsichtig auf die Kröte legte. Damit hatte die sonderbare

Figur, welche die Tiere darstellten, nun auch einen Gehstock mit einer Kröte als Knauf.

Während der Schäferhund und die anderen Tiere mit großer Anstrengung versuchten, das Gebilde aufrechtzuerhalten, forderten mich die Raben mit Flügelschlägen, wildem Rumgehopse und weiterem schmerzhaftem Schnabelgepicke dazu auf, dass ich doch gefälligst erraten solle, was der Hund darstellte.

„Ja, aua! Ist ja gut. Ähm, ein buckliger alter Mann, wunderschön", riet ich etwas hilflos und verwundert darüber, dass ich überhaupt versuchte mit den Tieren zu sprechen. Der Rabe mit dem weißen Fleck schüttelte den Kopf, krähte und alle Tiere gerieten immer mehr in Aufruhr, weil ich anscheinend das Schauspiel des Schäferhundes nicht ganz begriffen hatte.

Doch die Maskerade war noch nicht vollständig und zum großen Finale kam ein weiterer Rabe mit einer Brille im Schnabel angeflogen, flog damit zur Schnauze des Hundes und setzte sie diesem leicht schief auf die Nase. Nun war die Verkleidung komplett und der Hund war bereit, mir sein schauspielerisches Können zu demonstrieren. Er machte ein Geräusch, das wie eine Mischung aus Bellen und Niesen klang, wobei die Brille auf seiner Nase zu Boden fiel. Da fiel es mir wie Schuppen von den Augen.

„Herr Angstwurm, das soll Herr Angstwurm sein, nicht wahr!", rief ich begeistert.

Ich sah den Raben mit dem weißen Fleck an und war mir ziemlich sicher, dass er mich verstehen konnte, denn er war ganz verzückt darüber, dass ich ihre Herr-Angstwurm-Aufführung erkannt hatte. Er verbreitete die frohe Botschaft unter den anderen Tieren, woraufhin sich das Schäferhund-Ensemble wieder auflöste und sich alle erneut um mich herum versammelten.

Man machte mir den Weg frei und der Rabe mit dem weißen Fleck, der so etwas wie der Anführer der Truppe zu sein schien, hoppelte wie gehabt voraus. Er krähte und die anderen Tiere schwärmten aus, bis nur noch der Schäferhund, der Rabe, ein Eichhörnchen und ich übrig waren.

Der Schäferhund stupste mich freundlich von hinten an und deutete mit der Pfote auf den Raben, dem ich scheinbar zu folgen hatte. Vor dem Nachbarhaus, von dem ich wusste, dass Herr Angstwurm darin wohnte, blieben wir stehen. Wir versteckten uns hinter einer Mülltonne und kurz darauf hörte ich den mir wohlbekannten Niesanfall meines schreckhaften Nachbars.

Herr Angstwurm kam um die Ecke, sah sich fieberhaft nach Verfolgern um, biss sich ängstlich auf die Unterlippe und schloss die Tür zu seiner Wohnung auf. Als er dies tat, huschte hinter ihm wie aus dem Nichts das Eichhörnchen ungesehen ins Innere der Wohnung. Der Rabe, der Hund und ich gingen derweil zu einem gekippten Fenster, das in die Küche von Herrn Angstwurms Wohnung führte, und warteten ab.

Das Eichhörnchen hatte den Auftrag, den Wohnungsschlüssel zu stehlen, und war mit diesem die Innenseite des Fensters hochgeklettert. An dem Punkt, wo das Fenster am weitesten geöffnet war, fand mittels eines geschickten Manövers zwischen dem Raben außen und dem Eichhörnchen innen die Übergabe des Schlüssels statt. Die Tierbande kam mir immer mehr wie ein Sondereinsatzkommando vor, und als der Rabe mir den Schlüssel gab, verstand ich, dass es meine Aufgabe war, ihnen Zugang zum Haus zu verschaffen.

Ich dachte daran, wie Herr Angstwurm reagieren würde, wenn wir in sein Haus einbrechen würden, und hielt das

Vorhaben für keine so gute Idee. Selbst wenn er keinen Herzstillstand erlitt, würde er sicherlich die Polizei verständigen und die würde mir wohl kaum abkaufen, dass ich von einem Hund, einem Raben und einem Eichhörnchen zu der Tat gezwungen wurde.

Aus Angst vor den Zähnen des Schäferhundes folgte ich aber und wir schlichen uns zu dritt zur Wohnungstür von Herrn Angstwurm, dessen echter Name, wie ich dem Klingelschild entnahm, Herr Kühnmann war. In dem Moment gesellte sich ein weiterer Rabe mit einem Fetzen Zeitungspapier zu uns. Man überreichte es mir und ich sah, dass es sich dabei um einen Artikel einer Tageszeitung handelte. Die Überschrift lautete: „Heldenhaft! Rentner hebt Tierfänger-Ring aus!"

Vor etwa zwei Monaten, hieß es in dem Artikel, hatte ein alleinstehender Rentner zufällig beobachtet, wie ein Hund direkt vor seinen Augen gewaltsam von zwei Männern überwältigt, mit einer Spritze betäubt und in einen Lieferwagen gesperrt worden war. Der geistesgegenwärtige und mutige alte Herr war dem Lieferwagen mit seinem Fahrrad gefolgt, bis dieser auf einem verlassenen Fabrikgelände anhielt.

Dort stieß er auf ein geheimes Labor einer Tierfänger-Bande. Der Rentner hatte sofort die Polizei verständigt, konnte aber aufgrund der grausamen und unmenschlichen Experimente, die er vom Fenster aus beobachten musste, nicht länger abwarten und war daher auf eigene Faust in das Labor gestürmt, um die Tiere zu retten.

Als die Polizei kurz darauf erschien, fand sie einen der Tierfänger bewusstlos am Boden. Zwei weitere wurden noch auf der Flucht verhaftet. Der mutmaßliche Anführer der Bande konnte jedoch entkommen und die Polizei weiß bis heute nicht, um wen es sich handelt. Den Rentner fand man unter Schock in einen der Tierkäfige gesperrt. Nachdem man ihn befreit hatte, schilderte er zwar ausführlich, was passiert war, bestand aber ausdrücklich darauf, dass er anonym bleiben wolle.

„Herr Angstwurm, äh, ich meine, Herr Kühnmann war das?", fragte ich verwundert und das Nicken des Raben bestätigte meine Vermutung. Durch weiteres Kopfnicken und Kopfschütteln des Vogels fand ich auch heraus, was an jenem Tag vor etwa zwei Monaten in dem Tierfängerlabor vorgefallen war.

All die Tiere, die sich auf der Brücke versammelt hatten, waren Gefangene in dem Labor gewesen und die farbigen Flecken auf ihren Köpfen waren Markierungen, die auf die Tierversuche hinwiesen, die man an ihnen durchgeführt hatte. Herr Kühnmann war an jenem Tag mit seinem Gehstock wild um sich schlagend in das Labor gestürmt und hatte damit einen der Übeltäter niedergeschlagen. Was nicht in dem Artikel stand, war, dass die Bande, nachdem sie Herrn Kühnmann überwältigt und in einen Käfig gesperrt hatte, diesen ebenfalls dazu zwang, eines ihrer Präparate zu trinken, welches bald schon verheerende Wirkungen zeigte.

Das Giftpräparat hatte all die Charaktereigenschaften, die Herr Kühnmann zuvor besaß, umgekehrt und aus dem mutigen und selbstsicheren älteren Mann den unsicheren Herrn Angstwurm gemacht. Die Tiere wussten als Einzige, dass er vergiftet worden war, und aus Dankbarkeit dafür, dass er sie gerettet hatte, wollten sie ihm nun helfen.

Endlich verstand ich die ganzen merkwürdigen Ereignisse des Nachmittags und dass die Tiere wollten, dass ich ihnen half, Herrn Kühnmann zu heilen. Natürlich fiel mir nur einer ein, der ihm ein wirksames Gegengift zusammenbrauen könnte. Wir mussten Herrn Kühnmann irgendwie in die Werksatt von Professor Grünstein schaffen. Gemeinsam betraten wir die Wohnung und fanden Herrn Kühnmann zusammengekauert auf einem Schaukelstuhl im Wohnzimmer sitzen.

Ich beschloss, ihn ohne größere Umwege über die Situation aufzuklären, was im Nachhinein wohl etwas unsensibel von mir war, da wir ja immerhin in sein Haus eingebrochen waren. „Keine Sorge, Sie sind ein Held, Herr Kühnmann. Diese Tiere hier haben Ihnen ihr Leben zu verdanken und jetzt wollen wir Ihnen helfen und bringen Sie zu einem guten Freund von mir."

Ich hatte erwartet, dass Herr Kühnmann erschreckt reagieren würde, aber nicht in diesem Ausmaß. Als ich das Zimmer betrat, sprang er vom Schaukelstuhl auf, hechtete für sein Alter mit einem bemerkenswert akrobatischen Sprung hinter einen großen Ledersessel und tauchte kurz darauf mit einer recht skurrilen Verkleidung wieder auf.

Mit einem Küchentopf als Helm, einer Pfanne als Schild und einem Besen als Schwert kauerte er zitternd hinter seiner gepolsterten Festung.

„W... w... wer sind Sie ...?", fragte er mit bibbernder Stimme. „Beruhigen Sie sich, ich bin Ihr Nachbar, Bartholomäus Böhm. Ich will Ihnen nur helfen", sagte ich.

„Sie sind ein Voodoopriester! Rufen Sie Ihr gefiedertes Monster zurück", rief Herr Kühnmann und zeigte mit dem Besenstiel auf den Raben, der neben mir saß. Als schließlich noch der Schäferhund das Zimmer betrat, war jegliche Bemühung, vernünftig mit Herrn Kühnmann zu verhandeln, vergebens. „Einen Werwolf, Sie haben einen Werwolf heraufbeschworen, um mich zu vernichten. Ich hätte es mir ja denken können. Die Zeichen waren eindeutig", bibberte Herr Kühnmann. Dann flehte er um Gnade, warf seine Bratpfanne auf den Boden und kapitulierte. „Wir wollen Ihnen nichts tun, so glauben Sie mir doch", versuchte ich ihn zu besänftigen, doch das Ganze war wohl zu viel für seine Nerven, denn er fiel in Ohnmacht. Diese Wendung war ganz zu unserem Vorteil und ich rollte Herrn Kühnmann auf Anweisung der Tiere in seinen eigenen Wohnzimmerteppich, schulterte ihn und gemeinsam machten wir uns auf den Weg zur Werkstatt von Professor Grünstein.

Der Professor schaute etwas verblüfft, als ich den Teppich ausrollte und den bewusstlosen alten Mann präsentierte. Professor Grünstein machte sich sofort ans Werk und nach einigen Stunden hatte er ein Präparat entwickelt, das er Herrn Kühnmann verabreichte, der mittlerweile wieder zu Bewusstsein gekommen war.

Während wir diesen am Anfang noch gegen seinen Willen festhalten mussten, wirkte das Mittel relativ schnell und noch am Abend desselben Tages stand ein vollkommen neuer Mensch vor uns in der Werkstatt. Er hatte nicht nur keine Angst mehr, sondern erinnerte sich auch wieder an die Ereignisse im Labor der Tierfänger. Auch äußerlich war aus ihm ein komplett neuer Mensch geworden, der nicht mehr buckelig gekrümmt, sondern aufrecht und gerade gehen konnte, und es kam mir so vor, als hätte die Medizin des Professors ihn um zwanzig Jahre jünger werden lassen. Nachdem wir ihm alles erzählt hatten, bedankte er sich aufrichtig und wollte Professor Grünstein unbedingt dafür entschädigen.

„Der wahre Dank gebührt, so wie ich das mitbekommen habe, meinem Gehilfen Bartholomäus, diesen Tieren und vor allem diesem bemerkenswerten Raben hier", meinte Professor Grünstein. Herr Kühnmann nickte und beschloss, dass alle Tiere von nun an bei ihm in der Wohnung leben dürften, wenn sie es wollten.

Professor Grünstein meinte daraufhin, dass die Geschichte ein gutes Beispiel sei, dass man, wenn man Gutes tut, auch Gutes zurückbekommt. Dann fiel ihm ein, dass er erst gestern einen Artikel über ein und dieselbe Tierfänger-Bande gelesen habe, den er mir unbedingt hatte zeigen wollen. Darin stand nämlich, dass der Anführer der Bande vermutlich ein berüchtigter und geisteskranker Giftmischer namens Edward Grim sei, der vor einigen Jahren Schlagzeilen machte, weil er den Erfinder Professor Dr. Adalbert Grünstein vergiftet hatte. Weil er einen Kleiderständer im Polizeipräsidium für seinen Anwalt hielt, wurde er schließlich in die Psychiatrie eingewiesen, wo ihm vor einem Jahr ein spektakulärer Ausbruch gelang. Seither war er auf freiem Fuß und derzeit war nichts über seinen Aufenthaltsort bekannt.

Was mich betraf, so hatte ich nach dieser Geschichte eine Menge gelernt. Ich hatte endlich eine Idee für eine neue

Erfindung, die ich zwar alleine nicht umsetzen konnte, aber sofort Professor Grünstein mitteilte. Ich wollte etwas erfinden, mit dessen Hilfe Menschen und Tiere besser kommunizieren können. Fasziniert von dieser Idee und den Möglichkeiten, die sich auftaten, wenn man mit Tieren sprechen und diese verstehen könnte, machte sich der Professor noch am selben Abend ans Werk.

Guiseppe

der

Frosch

Ein halbes Jahr arbeiteten wir nun schon an einem Gerät, das die Gedanken von Tieren übersetzen sollte. Jenny war mittlerweile bei mir eingezogen, aber wir sahen uns kaum, da ich wegen der neuen Erfindung die meiste Zeit in der Werkstatt verbrachte. Ich war total aufgeregt, weil es die erste Erfindung war, an der ich selbst maßgeblich beteiligt war und bei der ich sogar halbwegs verstand, wie sie funktionierte.

Der sogenannte Faunus-Sprach-Konvertierer, kurz FSK-Koffer genannt, war ein kleines, etwa handflächengroßes Köfferchen, an dem eine rote Diode angebracht war. Sobald diese aufleuchtete, zeigte sie dem Benutzer, dass eine Verbindung zwischen dem Tier und dem FSK-Koffer hergestellt war und er die Gehirnströme des Tieres übersetzte. Dem Haustier wurde außerdem eine kleine, gesundheitlich unbedenkliche Sendezelle ins Futter gemischt, die, solange sie sich im Körper des Tieres befand, die gewünschte Verbindung aufrechterhielt.

Die ersten Ergebnisse, die wir mit Testversionen dieses Geräts erhielten, stammten von einem Hund und einem Goldfisch. Die Tests waren nur halbwegs überzeugend, denn während wir bei dem Hund durchaus beachtliche Ergebnisse erzielten und es zu tatsächlichen Konversationen zwischen dem Herrchen und dem Hund kam, hatte das Gerät bei dem Goldfisch ziemlich versagt. Zumindest stand das vom FSK-Koffer Übersetzte in keinem Zusammenhang zu dem, was die Besitzerin des Fischs ihn gefragt hatte, und es wurde nur ein einziger einigermaßen deutlicher Satz über den FSK-Koffer gesendet. Auf alle Fragen, die ihm seine Besitzerin stellte, antwortete der Fisch schlichtweg: „Komm doch mit schwimmen, du geiles kleines Seegürkchen."

Ein weiteres Problem war, dass die Sendezellen extrem teuer in der Herstellung waren, und immer wenn ein Tier, indem es sein natürliches Geschäft verrichtete, die Zelle ausschied, wurde diese danach leider unbrauchbar. Dennoch hatten wir in der neuesten Version alle Fehler und Risiken, so gut es ging, minimiert und es gab sogar schon eine Kundin, die das fertige Gerät unbedingt an ihrem Haustier ausprobieren wollte.

Leider hatte der Professor schon seit Längerem eine Forschungsreise geplant und wollte mit den letzten Schliffen an dem FSK-Koffer noch abwarten, bis er von dieser wieder zurück sei. Doch eine unvorhersehbare Wendung führte dazu, dass ich die Erfindung diesmal ganz alleine testen sollte.

Seit fast sechs Wochen befand sich Professor Grünstein nämlich in den Usambara-Bergen im Nordosten Tansanias, um mehr über die geheimnisvollen Schlangensteine herauszufinden, welche die eingeborenen Heiler dort verwendeten. Es war nicht unüblich, dass der Professor sich alleine auf längere Expeditionen begab, und wie immer wartete die Welt der Wissenschaft auch dieses Mal gespannt auf die Ergebnisse seiner Reise. In seiner Abwesenheit hatte er mir die Verantwortung über die Werkstatt erteilt und ich passte auf, dass alles nach Plan lief.

Da ich manchmal, wie ihr vielleicht wisst, recht tollpatschig sein kann, war ich umso zufriedener, dass seit seiner Abreise nichts ohne Vorwarnung explodiert oder ausgelaufen war, sich transformierte oder verwandelte und auch sonst keine unerwarteten Ereignisse stattgefunden hatten. Alles lief sozusagen wie am Schnürchen, bis an einem Montagmorgen so gegen zehn eine ältere Dame ziemlich heftig gegen die Werkstatttür klopfte.

Eigentlich hatte ich keine weitere Kundschaft erwartet und deshalb mit Jenny ausgemacht, dass sie mich gegen zwei Uhr, nachmittags von der Werkstatt abholen könnte. Das „GESCHLOSSEN"-Schild, welches ich hinausgehängt hatte, schien die gute Dame aber nicht sonderlich zu beeindrucken, also ging ich zur Tür, um ihr zu erklären, dass sie sich bitte noch drei Tage gedulden möge, bis der Professor alle Kunden wieder persönlich empfangen könne. Kaum hatte ich die Tür um einen Spalt geöffnet, stürmte die Dame das Innere der Werkstatt.

„Wer sind Sie und was machen Sie hier, und überhaupt, wieso ist die Tür denn geschlossen?", fragte sie mich, bevor ich irgendetwas sagen konnte.

„Äh, mein Name ist Bartholomäus Böhm, Nachbar, Freund und Gehilfe des Erfinders Professor Dr. Adalbert Grünstein. Der Professor ist verreist und, nun ja, ich bin so lange seine Vertretung", rechtfertigte ich mich.

„Ach richtig, das ist mir bekannt. Ich muss es wohl vergessen haben. Entschuldigen Sie. Aber die Angelegenheit, in welcher ich Adalbert sprechen wollte, ist für mich äußerst wichtig. Vielleicht können Sie mir ja behilflich sein. Ich heiße übrigens Bernadette de Beaujette." „Sehr erfreut", entgegnete ich.

Ich erklärte Frau de Beaujette, dass ich ohne Zusage des Professors eigentlich nicht befugt sei, weitere Kunden zu empfangen. Sie erwiderte nur, dass es schon in Ordnung gehe, weil sie Professor Grünstein schon seit ihrer Schulzeit kenne. Außerdem wisse sie, dass ihre Erfindung bereits vor der Abreise des Professors fertiggestellt worden sei.

„Ach, Sie sind das", fiel es mir plötzlich ein. „Sie sind die Kundin, an deren Haustier der FSK-Koffer getestet werden soll." Ich erinnerte mich, dass der Professor extra für Frau de Beaujette die neueste Version mit einer speziellen Sendezelle für ihr Haustier, einen italienischen Springfrosch, erfunden hatte. Sie hatte ihm zudem ein Bild von dem Frosch geschickt, welches Professor Grünstein über die Maßen interessiert hatte. Er wollte aber unbedingt bis nach seiner Expedition warten, sodass er sich selbst Zeit nehmen könne, um sich persönlich mit Frau de Beaujette auf ihrem Anwesen im Alpenvorland zu verabreden.

„Sie verstehen die Lage nicht, Herr Bartholomäus. Ich bitte Sie inständig, mir in dieser Sache sofort zu helfen", meinte Frau de Beaujette mit weinerlicher Stimme und erklärte mir, weshalb sie es so eilig hatte. Ihr geliebter italienischer Springfrosch Giuseppe nahm seit über einer

Woche kaum mehr Nahrung zu sich und hatte ihrer Meinung nach völlig die Freude am Leben verloren. Sie war kurz davor, wieder in ihre frühere Heimat, nach Genf, zu ziehen, und hatte Angst, ihr Frosch würde die mit dem Umzug verbundenen Reisestrapazen in seinem derzeitigen Zustand nicht überstehen. Etliche Tierärzte hatten ihr nicht weiterhelfen können und so sah sie in der versprochenen Erfindung von Professor Grünstein ihre letzte Hoffnung. Sie wollte Giuseppe den Frosch so schnell wie möglich selbst fragen, was ihm denn fehle.

Auf das Drängen von Frau de Beaujette und wegen meiner eigenen Neugier beschloss ich, ihr zu helfen, und holte aus dem kleinen Holzschrank mit der Aufschrift „Tier-Sprach-Transformatoren" den FSK-Koffer und eine winzige Plastikbox, welche die Sendezelle für den Frosch enthielt. Wir fuhren direkt auf Frau de Beaujettes Anwesen, um die Erfindung noch am selben Tag auszuprobieren, und bei all der Aufregung vergaß ich meine Verabredung und dass Jenny nun wahrscheinlich gerade vor verschlossener Werkstatttür stand.

Das Haus von Frau de Beaujette stand inmitten einer Wiese gleich neben einem kleinen Weiher. Der Garten war durch einen kleinen Zaun begrenzt und Frau de Beaujette hatte darin einen Teich anlegen lassen, der als Außengehege für Giuseppe diente. Als ich den kleinen Springer entdeckte, saß er trauernd auf einem Blatt und starrte mir mit trübem Blick entgegen.

Die nächsten Stunden verbrachte ich mit der schier unmöglichen Aufgabe, dem Tier die Sendezelle schmackhaft zu machen, und als ich es schon fast aufgegeben hatte, gelang es mir schließlich, als Giuseppe gerade das Maul öffnete, um zu protestieren, die Zelle, die ich auf einem kleinen Zweig befestigt hatte, in seinem Rachen zu platzieren.

Bernadette, die den FSK-Koffer in der Hand hielt, jauchzte vor Freude, als die rote Diode aufleuchtete und unmittelbar darauf ein relativ verständlicher Satz aus den Lautsprechern des Geräts zu hören war.

„Sie schmecken mir nicht mehr, diese Fliegen, und auch die Würmer, egal, wie al dente, habe ich keine Lust mehr sie zu essen." „Er spricht, es funktioniert, Adalbert, du bist ein Genie. Oh, und Sie natürlich auch, werter Bartholomäus", bedankte sich Frau de Beaujette.

Giuseppe der Frosch schien, wenn es denn seine Gedanken waren, die wir hörten, seiner Herkunft treu zu bleiben, denn er sprach eindeutig mit starkem italienischem Akzent. Auch die Appetitlosigkeit, die Frau de Beaujette bei ihm festgestellt hatte, schien mit dem, was Giuseppe uns sagte, übereinzustimmen.

„Die Würmer um den Tümpel waren immer seine Leibspeise, Herr Bartholomäus, und Sie hören es selbst, jetzt sagt er, dass sie ihm nicht mehr schmecken", meinte Frau de Beaujette. „Ja, vielleicht will er lieber Spaghetti", meinte ich scherzhaft.

In dem Augenblick drehte sich Giuseppe zu uns um und aus dem FSK-Koffer vernahmen wir erneut seine Stimme.

„Mamma mia! Ein Wunder! Hast du gelesen meine Gedanken? Dieses Ding in deine Hand, Mamma, hat es auch gesagt, dass ich werde dich verlassen?"

„Meinst du mich?", fragte Frau de Beaujette bestürzt. „Du willst mich verlassen?" „Schon wieder hörst du die Gedanken von die Giuseppe. Aber die Leiden in meine Herzen kannst du nicht verstehen. Oh, Mamma, ich muss gehen. Sì! Verzeih mir, Mamma!"

Kaum drangen die Worte über den FSK-Koffer, machte Giuseppe einen beachtlichen Sprung von über einem halben Meter Höhe und mehr als zwei Metern Weite, ließ damit die Umzäunung des Gartens hinter sich und verschwand im hohen Gras in Richtung des Weihers.

„Giuseppe, nicht!", schrie Frau de Beaujette. Die Leuchtdiode leuchtete bereits schwächer, aber noch war der Frosch nicht außer Reichweite des FSK-Koffers. Wir folgten ihm rasch über den Zaun und hörten kurz darauf erneut seine Stimme.

„Ich komme, Amore. Bald werden wir uns sehen wieder und für immer zusammen sein."

Bernadette de Beaujette blieb stehen und sah mich fassungslos an. „Habe ich richtig gehört? Ist mein Giuseppe etwa verliebt?", fragte sie.

Es hatte zumindest allen Anschein, dass Giuseppe verliebt war und nun nach seiner Geliebten suchte. Obwohl es mir nicht bekannt war, dass Frösche sich verlieben können, würde sein Liebeskummer doch erklären, weshalb er in letzter Zeit nichts mehr essen wollte.

Frau de Beaujette meinte, dass sie schon öfter mit Giuseppe zum Weiher gegangen war, um ihn dort etwas herumhüpfen zu lassen. Vielleicht war ihm dort einmal eine Froschdame begegnet, ohne dass sie es bemerkt hatte. Ehe ich antworten konnte, hörten wir erneut ein Signal über den FSK-Koffer. „Scusi, Signorina Vogel, haben Sie zufällig gesehen eine wunderschöne Fräulein mit die sehr geschmeidige Körper, wunderschöne glatte Haut und mit eine unglaubliche Feuer in ihre Seele?"

„Er muss ganz hier in der Nähe sein, Herr Bartholomäus, passen Sie auf, dass Sie nicht auf ihn treten." Plötzlich hörten wir lautes Vogelkrähen und dann ertönte die Stimme des Froschs: „Au! Grazie! Daaaaanke, Signorina!", rief er und wir sahen, wie Giuseppe etwa zwei Meter von uns entfernt von einer Krähe im Schnabel gepackt und durch die Luft geschleudert wurde.

Ich konnte die Krähe, die ihrem Opfer angriffslustig hinterhergesprungen war, noch rechtzeitig verscheuchen, aber von Giuseppe fehlte in dem hohen Gras jede Spur.
Dann erlosch das Leuchten am FSK-Koffer und die Verbindung zu Giuseppe wurde unterbrochen. „Kommen Sie, Herr Bartholomäus, wenn ich recht habe, wird er zum Weiher gehen." Und tatsächlich, wir waren kaum an das Ufer des Weihers gelangt, als die Diode wieder schwach zu leuchten begann. Giuseppe musste sich jetzt wieder ganz in unserer Nähe befinden.

„Amore mio, endlich sind wir wieder vereint." „Aha, anscheinend hat er seine Geliebte gefunden", bemerkte ich. Frau de Beaujette und ich suchten fieberhaft nach dem Liebespaar, doch an Stelle eines zweiten Frosches fanden wir Giuseppe in der Nähe eines Gebüschs und vor ihm im Gras lag bedrohlich zischelnd eine ausgewachsene Kreuzotter.

Diese Schlangenart war sogar für einen Menschen nicht ungefährlich und für einen draufgängerischen Frosch wie Giuseppe eindeutig tödlich, noch dazu, wenn dieser sich aus mir unerklärlichen Gründen scheinbar in die Schlange verliebt hatte.

„Er, er ..." stammelte Frau de Beaujette. „Ja, äh, ich glaube, er hat sich in eine Schlange verliebt", vervollständigte ich ihren Satz. Frau de Beaujette war starr vor Schreck

und auch ich wusste in Anbetracht des durchaus nicht ungefährlichen Bisses dieser Schlangenart nicht, wie ich Giuseppe hätte retten sollen.

Ich machte Frau de Beaujette auf einen großen metallenen Ring aufmerksam, der vor Giuseppe im Gras lag und den der Frosch mit der Nasenspitze in Richtung der Schlange schob. „Der ist aus meiner Küche, ich benutze diese Ringe, um Servietten zusammenzuhalten. Er muss ihn irgendwann, ohne dass ich es bemerkt habe, hierhergeschleppt haben", meinte Frau de Beaujette. Dann hörten wir den Frosch wieder sprechen. „Für dich, meine Liebste, eine Ring für deine wunderschöne Körper als Zeichen meiner Liebe", sagte Giuseppe, nahm den Ring in den Mund und hüpfte gefährlich nahe auf die Schlange zu.

Im nächsten Moment schnellte die Schlange hervor mit dem Ziel, ihren unglücklichen Verehrer zu verspeisen. Giuseppe aber wich, anscheinend gut auf ihre Attacke vorbereitet, dem tödlichen Angriff der Schlange geschickt aus und rettete sich mit einem Sprung auf einen Stein.

Geistesgegenwärtig nahm Frau de Beaujette einen Stock, um die Schlange zu verscheuchen. Sie fauchte furchterregend und schnappte mehrfach nach dem Ende des Stocks. Giuseppe, der sah, wie Frau de Beaujette von seiner Geliebten bedroht wurde, war bestürzt und aus den Lautsprechern des FSK-Koffers hörten wir ein weiteres Mal seine Gedanken.

„Warum, Amore, warum suchst du immer die Streit? Deine Temperament ist zu viel für mich. Wenn du dich anlegst mit meine Mamma, versteht Giuseppe keinen Spaß. Du brichst mir die Herz, aber du zwingst Giuseppe dazu, diese Affäre zu beenden", sagte Giuseppe und sprang zwischen Frau de Beaujette und die Schlange. Er nahm den Ring in den Mund und hüpfte auf die Schlange zu. Diese erwiderte den Angriff und riss ihr Maul auf, um den Frosch zu verspeisen. „Nein, keine Kuss mehr von Giuseppe", meinte der und ließ im richtigen Moment den Ring los, sodass der direkt im Maul der Schlange landete und ihr im Rachen steckenblieb, während Giuseppe artistisch unter seiner Angreiferin abtauchte und unversehrt blieb. Die Schlange machte sich würgend und röchelnd in Richtung Gebüsch aus dem Staub.

„Mamma, verzeih Giuseppe, du hattest recht! Sie ist nicht die Richtige gewesen für mich. Ich komme mit dir nach Hause", drang es aus dem FSK-Koffer. Der italienische Springfrosch hatte sich zwischen seiner Geliebten und seiner Mamma für Letztere entscheiden und Frau de Beaujette war zuversichtlich, dass Giuseppe von nun an wieder regelmäßig essen und auch seine Lebensfreude bald wieder zurückgewinnen würde.

Ich schrieb aufgrund meines schlechten Gewissens gegenüber Professor Grünstein umgehend eine Nachricht an dessen E-Mail-Adresse in Afrika und beichtete ihm nicht nur, den FSK-Koffer an Frau de Beaujette ausgehändigt zu haben, sondern auch all die anderen Ereignisse des heutigen Tages. Danach verabschiedete ich mich von Frau de Beaujette und meinte, sie solle mich auf dem Laufenden halten über das, was Giuseppe sonst noch so von sich geben würde.

Ich fuhr mit dem Zug nach Hause und auf dem Heimweg fiel mir Jenny ein und mir wurde klar, dass ich sie an diesem Tag zum ersten Mal in meinem Leben versetzt hatte. Ich dachte an Giuseppe und daran, dass Jenny einmal erwähnt hatte, dass sie eine italienische Urgroßmutter gehabt hatte, und malte mir aus, dass sie nun ebenfalls mit mir Schluss machen würde. Jenny war nicht zu Hause, doch auf dem Küchentisch fand ich eine Nachricht von ihr. „Hey, war an der Werkstatt, aber du warst nicht da. Schätze, dir ist noch ein Kunde dazwischengekommen. Ich wollte mit dir zur Tierhandlung. Bin jetzt alleine hin. Vielleicht holen wir uns ja ein kleines Haustier, dachte da an einen Frosch oder so. Bis heute Abend, lieb dich, Jenny."

Puh, da hatte ich noch mal Glück gehabt. Professor Grünstein hatte in der Zwischenzeit auf meine E-Mail geantwortet und geschrieben, dass es ihm gut ergangen und dass die Mission in den Usambarabergen ein Erfolg gewesen sei. Außerdem befand sich im Anhang der Mail ein Foto eines graubraun gefärbten Frosches, der Giuseppe, dem Springfrosch von Bernadette de Beaujette, zum Verwechseln ähnlich sah.

Dem Foto war ein Text beigefügt, aus dem sich ergab, dass es sich bei Giuseppe nicht um einen gewöhnlichen italienischen Springfrosch handelte, sondern höchstwahrscheinlich um eine bis vor Kurzem noch unentdeckte Art, die dem italienischen Springfrosch aber sehr ähnelte. Diese neue Art war aus ihrem ursprünglichen Lebensraum praktisch verdrängt worden und seitdem vom Aussterben bedroht. Europaweit existierten den Vermutungen von Experten zufolge nur noch einige wenige Exemplare. Weshalb genau diese neue Art nur noch so selten vorkommt und warum sie sich in anderen Umgebungen nicht vermehrt, darüber war sich die Welt der Wissenschaft noch uneinig.

Der wahre Erfinder, schrieb Professor Grünstein, darf nichts Ungewöhnliches außer Acht lassen, selbst wenn es noch so absurd ist, und er war sich ziemlich sicher, dass ich durch mein Handeln nicht nur einen seltenen Frosch gerettet, sondern womöglich eine wichtige Ursache gefunden hatte, weshalb Giuseppes Art vom Aussterben bedroht war.

Professor Grünstein hielt es für plausibel, dass die Froschart, der Giuseppe angehört, sich in ungewohnter Umgebung vorübergehend sehr untypisch verhielt. Dies war womöglich der Grund dafür gewesen, weshalb Giuseppe sich von anderen Tierarten angezogen fühlte und in einer Schlange keine Bedrohung, sondern eher ein exotisches Liebesabenteuer sah. Bei solch gefährlichen Liebschaften wie der zu einer Kreuzotter könne ein derartiges Verhalten folglich zur Dezimierung der eigenen Art beitragen.

Schließlich sollte ich seiner ehemaligen Schulkameradin Bernadette de Beaujette alles Gute ausrichten und ihr sagen, dass er, sobald er die Zeit fände, sie in Genf besuchen würde, um das Prachtexemplar Giuseppe mit eigenen Augen zu sehen. Seine Antwort endete mit einem Hinweis auf die Schlangensteine, die er untersucht hatte, und dass er mir unbedingt von dem Abenteuer, das ihm in Afrika widerfahren war, berichten müsse, wenn er zurückkäme.

Noch am Abend, als ich Frau de Beaujette telefonisch die Grüße des Professors ausrichtete, erfuhr ich, dass ihr Giuseppe völlig genesen war und er seiner Besitzerin mitgeteilt hatte, dass er sie nun gerne nach Genf begleiten werde. Für mich war die Geschichte allein schon wegen des Lobes von Professor Grünstein ein Erfolg. Ich hoffte für die beiden, dass es in Genf keine Kreuzottern oder andere gefährliche Tiere gab, in die sich Giuseppe verlieben könnte, und als Jenny nach Hause kam, erzählte ich ihr, weshalb ein Frosch durchaus nicht einfach zu halten ist, speziell wenn es sich dabei um einen vermeintlichen italienischen Springfrosch handelt.

Das Geheimnis
der
Schlangensteine

Adalbert Grünstein hatte die Werkstatt in einem völligen Durcheinander hinterlassen, als er in aller Frühe zum Flughafen aufgebrochen war, um nach Tansania zu reisen. Die Expedition war zwar schon länger geplant, aber bei einem Genie von Grünsteins Kaliber war es durchaus üblich, dass er solche langfristigen Planungen kurzfristig wieder vergaß. Die Nachricht aus Lushoto, dass alles für seine Ankunft arrangiert sei, hatte ihn gerade noch früh genug erreicht, um in Windeseile seinen Koffer packen, mir die Verantwortung für die Werkstatt zu übergeben und in letzter Sekunde seinen Flug zu erwischen. Sein Ziel waren die entlegenen Usambaraberge, ein mystischer Ort im Nordosten Tansanias.

Vor einigen Monaten hatte Adalbert Grünstein eine Nachricht aus dieser fernen Gebirgsregion von Dr. Luwumbi, einem tansanischen Arzt und guten Freund des Erfinders, erhalten. Er hatte ihm berichtet, dass sein Sohn während eines Schulausflugs von einer giftigen Schlange gebissen worden war und wahrscheinlich gestorben wäre, wenn er nicht von einem mysteriösen Heiler aus einem der umliegenden Dörfer behandelt worden wäre.

Der große, schlanke Afrikaner, der sich um Doktor Luwumbis Sohn gekümmert hatte, war mit seinem alten Sakko und seiner blauen Hose eher unspektakulär gekleidet gewesen, aber eine äußerst bemerkenswerte Kopfbedeckung aus Ziegenhaut, Ziegenfell und Vogelfedern und ein aus Holz geschnitzter schwarzer Stock, dessen Knauf die Form eines Schlangenkopfes besaß, ließen erahnen, dass er keinem gewöhnlichen

94

Beruf nachging. Er war Medizinmann, um genau zu sein hatte er sich Dr. Luwumbi mit dem Namen „Mchungaji Nyoka" vorgestellt, was übersetzt so etwas wie Priester der Schlangen bedeutete.

Nachdem Dr. Luwumbi sich von Herzen für die Rettung seines Sohnes bedankt hatte, wollte er wissen, wie der Schlangenpriester ihn so schnell hatte heilen können. Dieser brachte daraufhin aus einem Lederbeutel, den er umhängen hatte, einen daumengroßen, schwarzen Gegenstand zum Vorschein, den er „Jiwe Nyoka", Stein der Schlangen, nannte, und überreichte ihn Dr. Luwumbi.

Dr. Luwumbi war zu beschäftigt gewesen, um eigenhändig Nachforschungen über die Heilkunst der Schlangensteine anzustellen, und so kam es, dass er seinen alten Freund Adalbert Grünstein kontaktierte und ihn bat, dieses vermeintliche Wunderheilmittel näher zu untersuchen.

Der Erfinder bestand darauf, gleich in das Bergdorf gebracht zu werden, in welchem der Schlangenpriester wohnte, denn er wollte umgehend mit den Recherchen beginnen. Dr. Luwumbi, der am selben Abend wieder in seine Heimatstadt Lushoto zurückfuhr, versicherte Professor Grünstein, dass am nächsten Morgen eine Dolmetscherin in dem Dorf eintreffen werde, die ihm bei der Befragung der Dorfbewohner behilflich sein würde.

Um halb fünf stand Adalbert Grünstein nach seiner ersten Nacht in den Usambarabergen in seiner afrikanischen Hütte und beobachtete die dicken Nebelschwaden, die durch das schlafende Dorf zogen. Obwohl Tansania fast direkt am Äquator liegt, war es in den höher gelegenen Regionen der Usambaraberge oft recht frisch und die feuchte Luft der mit Urwäldern bewachsenen Berghänge hüllte die Region tagelang in einen geisterhaften Nebelmantel.

Adalbert Grünstein fragte sich, wie viele mysteriöse Geheimnisse einen in dieser wundersamen Wildnis wohl erwarten mochten. Dann stieg ihm der Geruch von verbranntem Holz, gemischt mit dem angenehmen und ihm wohlbekannten Duft gerösteter Kaffeebohnen, in die Nase.

Es gefiel ihm, dass es in dem Dorf noch weitere Freunde des Frühaufstehens gab, und er entschloss sich, dem Geruch zu folgen. Kurz darauf fand er eine Familie vor einer Hütte um ein Feuer sitzen, auf dem eine große Kanne mit Kaffee und ein Topf mit einem grießähnlichen Brei köchelten. Bald saß Adalbert Grünstein mit den Einheimischen zusammen, trank einen vorzüglich schmeckenden Kaffee und aß von dem außergewöhnlichen Brei.

Zwei Kinder, die sehr aufgebracht über den ungewohnten, seltsam aussehenden Besucher waren, sprangen um den Erfinder herum, lachten und stellten Fragen. Aber Professor Grünsteins Versuche, sich mit Zeichensprache zu verständigen, führten nur dazu, dass auch die Erwachsenen anfingen zu lachen.

„Besser als gar nichts", sagte er zu sich selbst und genoss das Frühstück. Um halb sechs krähte der Hahn und weckte die übrigen Dorfbewohner. Die Familie, bei der Professor Grünstein gegessen hatte, war anscheinend für viele so etwas wie ein Restaurant, denn bald gesellten sich immer mehr Leute um das Feuer zu Kaffee und Brei.

Es war schon weit über eine Stunde vergangen, als ein Mann, ungefähr im selben Alter wie der Professor selbst, neben ihm Platz nahm. Der Mann murmelte etwas vor sich hin, nahm Adalbert Grünsteins Kaffeetasse und trank einen kräftigen Schluck. Er gurgelte und machte noch mehr komische Geräusche mit der Flüssigkeit in seinem Mund, dann hielt er den Arm des Erfinders fest und spuckte ihm den entwendeten Kaffee über die Hand.

Professor Grünstein war durchaus irritiert, bemerkte aber, dass sein Gegenüber eine wichtige Persönlichkeit zu sein schien, da die anderen Dorfbewohner still geworden waren und seinem Gemurmel gespannt zuhörten. Schließlich ließ der Mann den Arm des Erfinders los, sagte etwas, während er auf dessen Haare zeigte, und alle um ihn herum brachen in lautes Gelächter aus.

„Er fragt, ob Sie Ihre Haare auch als Nest für Vögel anbieten", meinte eine sanfte Stimme hinter ihm. Eine hübsche afrikanische Frau, etwa Mitte dreißig, mit ebenmäßigen Gesichtszügen und großen schwarzen Augen stellte sich Adalbert Grünstein mit leichtem afrikanischem Akzent vor.

„Mein Name ist Malaika. Dr. Luwumbi hat mich gebeten, Ihnen als Dolmetscherin behilflich zu sein." „Sehr erfreut, ich bin Adalbert Grünstein, Wissenschaftler und Erfinder." „Willkommen in Tansania, alter Bert", sagte Malaika höflich. „Äh, nein, nicht alter ..., äh, was soll's, Bert tut's auch."

Malaika erklärte Adalbert Grünstein, dass der Mann vor ihm ein Schlangenpriester sei und dass er soeben auf respektvolle Weise als Gast des Dorfes anerkannt worden war. Außerdem hatte der Schlangenpriester seinen Geist gelesen. „Das Spucken und das Gemurmel meinen Sie?", fragte Adalbert Grünstein. „Der Schlangenpriester blickt auf diese Weise in die Köpfe der Menschen und bei Ihnen sah er viel Gutes. Er sagt, Sie besitzen ein reines Herz, sehr großen Ehrgeiz, noch größere Sturheit und haben einen großen Respekt vor Frauen", sagte Malaika und lächelte verlegen.

„Das alles haben Sie gehört? Wie lange standen Sie denn schon ohne mein Wissen hinter mir, verehrte Malaika?", fragte der Erfinder und schmunzelte. In den folgenden Tagen machte Malaika Adalbert Grünstein mit allen wichtigen Personen im Dorf bekannt. Die beiden verstanden sich auf Anhieb gut, und obwohl fast drei Jahrzehnte zwischen ihnen lagen, empfanden sie durchaus eine gewisse Zuneigung zueinander.

Malaika erwies sich, auch was das Forschungsvorhaben des Erfinders betraf, als äußerst nützlich. Mit ihrer Hilfe fand Adalbert Grünstein zum Beispiel heraus, dass der Schlangenpriester, der den Sohn seines

Freundes geheilt hatte, derselbe Medizinmann war, der ihm in die Hand gespuckt hatte, und auch über den wundersamen Schlangenstein konnte er einiges in Erfahrung bringen.

Es gab ungewöhnlich viele giftige Schlangen in der Gegend des Dorfes und das Benutzen der Schlangensteine war keineswegs nur Aufgabe eines Schlangenpriesters. Fast jeder in der Umgebung wusste von der Existenz der Steine und die meisten auch, wie man mit ihnen umging.

Dennoch schien der Schlangenpriester im Dorf und im Glauben der Bewohner eine essenzielle Rolle zu spielen. Er stand in einer spirituellen Verbindung zu dem einzigen Ort, an dem die Schlangensteine vorkamen, einer kleinen Höhle auf dem Gipfel eines der Berge. Der Schlangenpriester entschied, wann der richtige Zeitpunkt war, die Steine sammeln zu gehen. Wenn es nicht von ihm angeordnet wurde, wagte es keiner der Dorfbewohner, die Berge bis zu den Gipfeln zu besteigen.

Sie alle glaubten an Geister und vor allem in den nebeligen Gipfeln und Höhlen der Berge fürchteten sie sich sehr. Der Schlangenpriester symbolisierte für die Bewohner die Wiedergeburt eines Berggeistes in Menschengestalt und er entschied, wann die Zeit reif war, bestimmte Dorfbewohner auszusenden, um Schlangensteine zu sammeln und diese in das Dorf zurückzubringen.

Auf die Frage, was denn nun der Schlangenstein genau sei, antwortete der Medizinmann stets mit der Legende vom Schlangenkind. Sie besagt, dass einmal ein kleiner

Junge auf dem Bergpfad zum Gipfel von einem Berggeist in Gestalt einer Schlange angegriffen worden war.
Der Junge, der wusste, dass er nun sterben würde,
fragte die Schlange, warum sie ihn gebissen habe, wo
er ihr doch nichts getan hatte und noch so gerne hätte
weiterleben wollen. Er erzählte ihr, dass er es vermis-
sen werde, auf der Wiese neben dem Dorf mit seiner
Schwester zu spielen, und dass seine Eltern sicher sehr
um ihn trauern würden.

Der Schlangengeist bekam Mitleid mit dem Kind und
erkannte, dass er ihm Unrecht getan hatte. Um anderen dieses Schicksal zu ersparen, machte er aus dem
Jungen, als er starb, einen Heilgeist, der seither eine
Höhle am Gipfel des Berges bewohnt. Nach dem Tod
des Jungen wuchs außerdem ein schwarzer Stein an

den Wänden der Höhle, der angeblich alle Schlangenbisse der Welt zu heilen vermochte.

Adalbert Grünstein hatte den Stein bereits mehrfach analysiert, war aber, was dessen Heilwirkung betraf, zu keinem vernünftigen Ergebnis gekommen. Es handelte sich dabei nicht um einen richtigen Stein, wie er es zuerst vermutet hatte, sondern um ein brüchiges, holzähnliches Material, glatt und schwarz wie ein Stück Kohle.

Wurde man gebissen, schnitt man die Bisswunde mit einem Messer auf, brach ein Stück des Steins ab und legte es in die Wunde hinein. Der Stein saugte sich anschließend fest, bis er für gewöhnlich nach einer Stunde die Farbe veränderte, blasser wurde und schließlich zu Boden fiel. Die Vergiftungssymptome ließen in allen Fällen fast augenblicklich nach und einen Tag später war der Patient wie durch ein Wunder wieder völlig genesen.

Anfangs dachte der Erfinder, der Stein sauge einfach nur das Blut und auf diese Weise auch das Gift aus der Wunde. Doch als er eines Tages selbst Zeuge jener Heilprozedur wurde, wusste er, dass er sich mit seiner Theorie geirrt hatte. Ein Junge, der auf dem Feld gebissen worden war, war zu dem Schlangenpriester in Behandlung gebracht worden. Zwischen dem Biss und der Behandlung mit dem Stein lagen schon mehrere Stunden. Der Junge hatte hohes Fieber und alles deutete darauf hin, dass das Gift sich bereits im ganzen Körper ausgebreitet hatte.

Wenn er nur das Blut aussaugen würde, hätte der Stein den Jungen nicht heilen können, weil das Gift schon zu weit in den Blutkreislauf vorgedrungen war. Kaum eine Stunde nach der Behandlung war der Junge jedoch fieberfrei und am nächsten Tag spielte er mit anderen Jungs des Dorfes, als wäre nie etwas gewesen. Adalbert Grünstein war ratlos und ihm blieb nur noch ein Weg, um hinter das Geheimnis des Steins zu kommen. Er musste selbst die Höhle am Gipfel des Berges aufsuchen. Der Schlangenpriester prophezeite ihm, dass die Geister des Berges zur Zeit nicht gestört werden sollten und dass ein Aufstieg im Moment womöglich sehr gefährlich wäre, aber Adalbert Grünstein wollte keine Zeit mehr verlieren.

Malaika organisierte einen Einheimischen als Bergführer und nach einigen Vorbereitungen verließen sie frühmorgens das Dorf und begannen den Aufstieg zur Höhle, in welcher die Schlangensteine wuchsen. Dem Bergführer zufolge würden sie hin und zurück zwei Tage benötigen, denn obwohl sie nur etwa siebzehnhundert Höhenmeter von der Spitze des Berges trennten, mussten sie viele Umwege durch die Urwälder und anderes gefährliches Terrain machen. Er selbst würde aus Angst vor den Berggeistern nicht bis ganz hinauf mitkommen, könne ihnen aber den restlichen Weg bis zur Höhle beschreiben.

Man bereitete also Gepäck und Proviant für zwei Tage vor und Adalbert Grünstein nahm zusätzlich ein paar Geräte und Behälter mit, um Proben von der Höhlenwand entnehmen zu können. Kurz bevor sie aufbrachen, gab ihnen der Schlangenpriester noch einen seiner Schlangensteine mit und meinte, er würde mit den Berggeistern reden, auf dass sie alle heil wiederkehren mögen.

Nachdem sie bereits drei Stunden unterwegs waren, wurde der Anstieg beschwerlicher. Links von ihnen tat sich ein tiefer Abgrund auf und der Boden des steilen Berghanges war feucht und uneben. Plötzlich gab der Boden unter Malaika nach. Sie verlor gefährlich nahe am Abgrund das Gleichgewicht und Adalbert, der als Letzter ging, konnte sie gerade noch auffangen, wobei ihm der Schlangenstein aus der Hand fiel und in der Tiefe verschwand.

Fast sechs Stunden und einen ziemlich anstrengenden Fußmarsch später erreichten sie einen kleinen Bergsee, welcher einmal der Krater eines Vulkans gewesen war. Hier errichteten sie ihr Nachtlager, machten ein Feuer und beim Abendbrot erzählte der Bergführer von den Geistern, die zwischen dem Kratersee und dem Gipfel wohnten.

Adalbert Grünstein ließ Malaika übersetzen, dass er keine Geister fürchtete, weil er selbst einen Erfindergeist besitze, der ihn und Malaika vor den hiesigen Gefahren beschützen würde. Malaika gefiel dieser Gedanke, aber der Bergführer zweifelte an der Kraft dieses Erfindergeistes, der seiner Meinung nach gegen die mächtigen Berggeister nichts ausrichten könne.

„Nyoka", flüsterte der Bergführer ehrfürchtig und zeigte auf etwas im See. Das Wasser glänzte schwarz und im Licht des Mondscheins bewegte sich der Körper einer Schlange schnell und geschmeidig an der Wasseroberfläche. In ihren Augen spiegelte sich das Feuer des Nachtlagers. „Wer kann bei so einem An-

blick noch an der Macht der Berggeister zweifeln?",
murmelte ihr Führer.

Am nächsten Morgen, nachdem der Bergführer ihnen
die Route erklärt hatte, machten sich Adalbert Grünstein und Malaika wieder auf den Weg. Sie passierten
ein dichtes Stück Wald, ohne einem erkennbaren Pfad
zu folgen, aber große, schwarz bemalte Steine, von
denen ihnen der Bergführer noch am Morgen erzählt
hatte, zeigten ihnen, dass sie in die richtige Richtung
gingen.

Nachdem sie das Waldstück durchquert hatten, erreichten die beiden eine Blumenwiese, auf der sie in
der Ferne eine Gestalt zu erkennen glaubten. Malaika
rief der Gestalt auf Kiswaheli einen Gruß zu und tatsächlich kam bald darauf ein älterer Mann, der wie ein
afrikanischer Hirte aussah, mit einem zufrieden lä-
chelnden Gesichtsausdruck auf sie zu.

„Was führt euch so hoch in die Berge, seid ihr auf der
Suche nach eurer Ziege?", fragte der alte Mann auf
Englisch, so dass Adalbert Grünstein und Malaika ihn
beide verstanden.

„Oh, Sie sprechen Englisch. Nein, ähm, wir suchen
keine Ziege, sondern die Schlangensteine in der Höhle
am Gipfel des Berges. Kennt Ihr sie zufällig?", fragte
Adalbert Grünstein. Doch den alten Mann schien die
Frage des Erfinders nicht im Geringsten zu interessieren.

„Jeder Mensch sucht im Leben einmal seine Ziege",
fuhr er fort. „Und wenn er sie gefunden hat, wundert
er sich, warum er sie überhaupt hatte suchen müssen,

denn sie war schon immer da, genau da, direkt vor ihm", sagte er und fing an zu lachen.

„Auch ich suchte lange nach meiner Ziege. Ich suchte nach ihr hoch oben in den Bergen und tief im Meer, auf den weiten Wiesen und im Wald, in meinem Haus und in den Häusern meiner Freunde, bis ich schließlich hier in der feuchten Erde ihre Spuren fand. Ich folgte den Spuren und endlich, endlich fand ich meine Ziege, doch die sah mich nur gelangweilt an, kaute auf einem Büschel Gras und fragte, wo ich so lange gewesen sei."

Der alte Mann imitierte eine Ziege und erzählte weiter. „Wollen mal sehen wie du dich anstellst, jetzt, wo du mich gefunden hast", sagte die Ziege zu mir und rammte mir ihren Kopf in den Bauch. Von da an führte sie mich jahrelang an der Nase herum, ärgerte mich, aß mein Essen, versetzte mir Hiebe mit ihrem Kopf und raubte mir den letzten Nerv, bis ich gar nicht mehr wusste, warum ich überhaupt so besessen nach ihr gesucht hatte.

Ich wollte die Hoffnung bereits aufgeben, doch ich stellte mich der Herausforderung, sie zu verstehen, jeden Tag aufs Neue. Eines Tages hatte ich sie schließlich gezähmt. Von diesem Moment an verschmolz ich immer mehr mit meiner Ziege, bis sie schließlich komplett verschwand, und die Ziege und ich wurden eins. Heute erzähle ich diese Geschichte und rate den Menschen ebenfalls, ihre eigene Ziege zu finden und sie zu verstehen und nicht aufzugeben, bis sie am Ende eins mit ihr werden."

Der Mann lächelte zufrieden und meinte schließlich: „Seht nur, der Nebel kommt und beendet unser Gespräch."

Malaika und Adalbert Grünstein sahen einander an und wussten nicht recht, was der Mann meinte. Doch ehe sie ihn weiter befragen konnten, umhüllte die drei dichter Nebel und Malaika und Adalbert sahen kaum mehr die eigene Hand vor Augen. Als ein Wind den Nebel schließlich vorbeiziehen ließ und sie wieder sehen konnten, war der alte Mann verschwunden.

Sie riefen nach ihm, aber es kam keine Antwort und weit und breit war niemand zu sehen. Malaika hielt sich an Adalbert Grünsteins Arm fest und flüsterte ihm ängstlich zu: „Ein Berggeist." „Hmm, zugegeben, äußerst merkwürdig und hochinteressant", entgegnete Adalbert Grünstein. Malaika sagte, sie würde ihm weiter folgen, seinen Arm aber nicht mehr loslassen, bis sie am Ziel angekommen wären.

Sie waren kaum hundert Meter gegangen, als Malaika plötzlich aufschrie und einen brennenden Schmerz in der Kniekehle verspürte, und sie sahen beide, wie sich ein langer schwarzer Körper über die Steine hinwegschlängelte. Das Reptil hatte Malaika gleich zweimal gebissen und ihr Bein schwoll in Kürze heftig an und Schweißperlen bildeten sich auf ihrer Stirn. Sie atmete schnell, ihr Puls raste und Adalbert Grünstein, der sich des Ernstes der Lage bewusst war, versuchte sie zu beruhigen.

„Atme langsam, das senkt deinen Pulsschlag und das Gift kann sich nicht so schnell ausbreiten. Siehst du, dort oben ist der Gipfel. Es sind keine fünfzehn Minuten mehr. Wenn ich mich beeile, bin ich in weniger als einer halben Stunde wieder hier mit einem Schlangenstein. Vertrau mir, ich lass dich nicht im Stich, du schaffst das."

Malaika nickte.

Er spurtete los, so schnell er konnte, und erreichte bald darauf eine Felswand, an der es vor Kurzem einen Steinschlag gegeben haben musste, denn der Pfad, der zum Gipfel führte, war durch einen massiven Felsbrocken versperrt. Es waren höchstens fünf Höhenmeter, die ihn vom Gipfel trennten, und Adalbert Grünstein beschloss, direkt über die Felswand nach oben zu klettern.

Der Wille, Malaika zu retten, entfachte ungeahnte Kräfte in dem Erfinder und bald schon hatte er die Felswand bezwungen. Er zog sich hoch und rollte sich über die Kante, als auch er plötzlich einen starken Schmerz im rechten Arm verspürte. Er sah gerade noch, wie die Schlange, die ihn gebissen hatte, zwischen den Steinen verschwand.

Er wusste, dass, wenn er sich weiter bewegen musste, sich das Gift schneller in seinem Körper ausbreiten würde. Aber ihm blieb keine andere Wahl und so stolperte er weiter und suchte den Gipfel nach der Höhle ab. Bald bekam er Fieber und sein Blick wurde verschwommen und unklar.

Zehn Minuten, die ihm wie eine halbe Ewigkeit vorkamen, irrte er umher, bis er endlich den Eingang der Höhle vor sich sah. Auf allen Vieren schleppte er sich die letzten Meter bis in die Höhle, deren Innenwand vollkommen mit den schwarzen Schlangensteinen überwuchert war. Er brach ein Stück ab, nahm sein Messer aus der Tasche, setzte mit letzter Kraft einen Kreuzschnitt in die prall geschwollene Bisswunde an seinem Arm und drückte den Stein in die blutende Wunde.

Dann verlor er die Besinnung und fiel in einen heftigen Fiebertraum. In dem Traum sah er den alten Hirten von dem Blumenfeld vor sich. Hand in Hand führte dieser ihn durch die Höhle. Während sie so gingen, bemerkte Adalbert, dass die Hand, die er hielt, immer kleiner und kleiner wurde. Als er zum Hirten blickte, war aus ihm ein kleiner Junge geworden. Der Junge drehte sich zu ihm um und fasste ihm auf die Stirn.

„Hast du deine Ziege jetzt gefunden?", fragte er den Erfinder und löste sich in nichts auf.

Im nächsten Augenblick verwandelte sich die Höhle, in die sie gegangen waren, bekam Beine und einen Ziegenbart und fing an mit dem Erfinder als Mageninhalt davonzuspringen. Sie sprang wild umher und schließlich ließ sie Adalbert frei und löste sich in nichts auf. Jetzt war er auf einer Wiese und vor ihm stand in einem wunderschönen weißen Kleid Malaika. Er lief auf sie zu und fragte sie, was mit ihnen geschehe, aber sie blökte ihn nur an, bekam kleine Hörner und wurde ebenfalls zu einer Ziege. Dann sah er alle möglichen Dinge aus seiner Kindheit, seine Eltern, Freunde, seine Werkstatt und die vielen Erfindungen und auch mich, seinen Gehilfen Bartholomäus, und alle verwandelten sich nach und nach zu Ziegen und verschwanden wieder. Schließlich sah er die ganze Welt vor sich, und als auch diese sich vor ihm in eine Ziege verwandelte und in nichts auflöste, befand sich Adalbert Grünstein in einem unendlich großen leeren Raum. Dann erschien der kleine Junge wieder neben ihm und fragte erneut: „Weißt du nun, wofür die Ziege steht?"
Und mit einem Mal verstand er. Die Ziege, die jeder Mensch sucht, war ein Symbol für das Leben oder vielmehr für einen Weg im Leben, den man erst finden und schließlich eigenständig gehen müsse. Die Ziege zu zähmen bedeutete, sich den Hindernissen auf diesem Lebensweg zu stellen. Schließlich würde man eins werden mit der Ziege, was bedeutete, dass man seinen Weg gefunden und das Leben verstanden hatte und alles so sehen konnte, wie es wahrlich ist. Der Hirte hatte also das Leben verstanden, dachte Adalbert Grünstein, und würde nicht mehr von seinem Weg

abkommen, weil er längst mit diesem verschmolzen war. Dann erwachte er und spürte, dass der Stein all das Gift aus seinem Körper genommen hatte.

Er wusste mit einem Mal, wo er im Leben stand. Seine Bestimmung, sein Weg, seine Ziege war es, zu erfinden und zu forschen, doch war das nur die eine, oberflächliche Seite. Indem er beständig den Weg des Erfinders ging, machte er Bekanntschaft mit allem, was das Leben ausmacht, Dingen, die jedem Menschen begegnen, wie Liebe, Leid, Schmerz, Freude, Krankheit und letztendlich der Tod. Jeder musste auf seine eigene Weise lernen, mit diesen Dingen umzugehen. Jeder mit seiner eigenen Ziege, dachte er zufrieden. Dann fiel ihm Malaika ein, und er brach ein weiteres Stück Schlangenstein ab, steckte es in seinen Rucksack und lief, so schnell er konnte, den Berg hinunter.

Malaikas Puls war schwach, und als er sie fand, war sie bereits bewusstlos. Er schnitt die Schlangenbisse auf und legte, wie zuvor bei ihm selbst, ein Stück Schlangenstein in die Wunden. Malaikas Hand wurde langsam wärmer und Leben begann wieder durch sie hindurchzufließen. Der Schlangenstein wirkte und Malaika war schon bald wieder auf den Beinen.

„Ich, ich hatte einen Traum", sagte sie, als sie wieder bei Bewusstsein war. „Der Hirte und die Ziege ... sie ist das Leben ...", sagte sie. „Ja, ich weiß", antwortete der Erfinder. Dann schwiegen sie und dachten darüber nach, was ihnen der Hirte über das Leben mitgeteilt hatte.

Adalbert Grünstein ging ein paar Wochen später, als der Schlangenpriester einen guten Aufstieg prophezeit

hatte, gemeinsam mit diesem, Malaika und zwei Dorf-
bewohnern noch einmal zur Höhle und entnahm weitere Proben von den Schlangensteinen, die er mit nach
Europa in seine Werkstatt nehmen würde. Der Erfinder in ihm forschte weiter, um die Essenz der Steine
zu finden, die nötig war, um deren Heilwirkung zu
erklären. Aber Adalbert Grünstein hatte auch eine
andere Seite in sich entdeckt, denn er hatte die Magie
und die Energie gespürt, welche die Usambara-Berge
umgibt, und sie hatte ihm die Augen für das Leben
geöffnet.

Malaika glaubte ihrerseits fest daran, dass jener Hirte,
den sie in den Bergen trafen, der Heilgeist des Schlan-
genkindes aus der Dorflegende war. Die Steine, so
meinte sie, seien an den Berg und die Höhle gebunden
und das Schlangenkind spreche direkt durch sie hindurch die Seele der gebissenen Menschen an und rufe
sie auf diese Weise wieder ins Leben zurück.

Obwohl der Erfinder wie immer glücklich war, wieder
in seine Werkstatt und sein eigenes kleines Reich zu-
rückzukehren, fiel ihm der Abschied schwer, als Dr.
Luwumbi und Malaika ihn nach der insgesamt sechs
Wochen langen Expedition an den Flughafen brach-
ten, und Malaika und Adalbert Grünstein verband
nach diesem Abenteuer eine tiefe Freundschaft, die ihr
Leben lang bestehen sollte.

Das Elixier
der Heilmeister

In der Nacht vor meinem dreiundzwanzigsten Geburtstag rief mich Professor Grünstein wegen eines Notfalls in die Werkstatt. Als ich ankam, fand ich sie zu meiner Verwunderung vollkommen menschenleer vor. Ich sperrte die Tür auf, trat ein und aus der Küche drang ein fahler Lichtschein zu mir herüber. Plötzlich kam Jenny aus dem Dunkeln geschossen und umarmte mich. „Alles Gute zum Geburtstag", rief sie und führte mich an den Küchentisch, auf dem ein riesiges Stück Torte auf mich wartete.

Mit dem Tortenstück in der Hand folgte ich Jenny zurück in die Werkstatt und wurde zum zweiten Mal aus dem Hinterhalt angegriffen. Diesmal war es Professor Grünstein, der mit Partyhut und Tröte in der Hand hinter einem bunten Vorhang hervorsprang und

mich dabei fast zu Tode erschreckte. Er riss den Vorhang herunter und enthüllte ein eigens für mich eingerichtetes kleines Labor, in dem ich fortan tun und lassen konnte, was ich wollte, und welches mit allen wichtigen Gerätschaften ausgestattet war, die man als Erfinder so braucht. Es war das beste Geburtstagsgeschenk, das ich mir je hätte wünschen können.

Ich liebte es, mit Mixturen und Flüssigkeiten aller Art herumzuexperimentieren, und mein neues Labor war dank Professor Grünstein auch perfekt auf mein Hobby ausgerichtet. Es beinhaltete ein Bücherregal mit Werken über mysteriöse Heilelixiere und Zaubertränke, Schubladen und Schränke, gefüllt mit jeder Menge nützlicher Werkzeuge zum Zerkleinern und Zermalmen von Zutaten, sowie diverse Destilliergefäße, Ampullen und allerhand andere nützliche Dinge. Auf dem Labortisch fand ich außerdem einen Korb mit exotisch aussehenden Kräutern und anderen Substanzen, die ich am liebsten sofort zu irgendeinem Trank zusammengebraut hätte. Zu guter Letzt gab mir Jenny einen Kuss und überreichte mir zwei Flugtickets für unsere gemeinsame Reise nach Portugal.

Bis zur Abreise blieben mir noch zwei Monate, um mich an meinen neuen Arbeitsplatz zu gewöhnen, und das war bei dem, was ich mir vorgenommen hatte, nicht gerade lange. Professor Grünstein wusste, dass ich mich schon seit einiger Zeit damit beschäftigte, hinter das Geheimnis eines mysteriösen Tranks zu kommen, dessen Rezept ich einem Buch über legendäre chinesische Heilmeister entnommen hatte.

Das Buch hatte ich vor einiger Zeit zufällig beim Durchstöbern der Privatbibliothek Professor Grünsteins entdeckt und darin eine Anleitung für einen Trank gefunden, der als das Elixier der Heilmeister bezeichnet wird. Wer immer dieses mysteriöse Elixier zu sich nahm, stellte angeblich eine Symbiose mit den Urkräften der Natur her, durch die einem nicht nur unglaubliche physische Kräfte, sondern auch übermenschliche Wahrnehmung verliehen wurde. Das Elixier war von den Heilmeistern ausschließlich für ihresgleichen entwickelt worden und an einen Zustand gebunden, der sich „Jingjin" nannte, und erst wenn man diesen erreichte, so hieß es, könne man dem Zaubertrank seine gewünschte Wirkung abgewinnen.

In einem Abschnitt des Buchs fand sich eine Liste von Zutaten, die man für die Herstellung des Elixiers benötigte. Der immense Aufwand, den es erfordert hätte, all die Zutaten eigenhändig zu besorgen, blieb mir dank dem Professor und seinen guten Beziehungen erspart, denn wie sich herausstellte, enthielt der Korb bereits alles, was ich benötigte. Alles bis auf eine letzte, geheime Zutat.

Ich war voller Tatendrang und begann noch am selben Tag mit meinen Recherchen, wobei mir schnell klar wurde, dass mir zwei Dinge ziemliche Probleme machen würden. Als Erstes musste ich herausfinden, was die geheime Zutat war, über die in dem Buch nur recht rätselhaft geschrieben stand, dass sie zwar stets denselben Namen trage, aber doch von Mensch zu Mensch verschieden sei. Zum anderen wusste ich nichts über den mysteriösen Zustand „Jingjin", der leider von essenzieller Wichtigkeit für das Elixier zu sein schien. Bei Letzterem versprach mir Professor Grünstein glücklicherweise, dass er einen guten Freund und Experten für altchinesische Schriftzeichen um Rat fragen würde.

Ein Erfinder müsse stets großen Mut aufbringen, hatte Professor Grünstein mich gelehrt. In meinem Fall bedeutete dies Mut zur Lücke, denn ich beschloss, den Trank erst mal ohne die geheime Zutat und ohne weitere Informationen über „Jingjin" zusammenzubrauen, das fertige Gemisch in einem Selbstversuch zu trinken und einfach mal zu schauen, was passieren würde. Es dauerte ein paar Tage, bis ich alle Zutaten auf die im Buch verlangte Art und Weise zubereitet hatte, doch schließlich hielt ich stolz in einem kleinen Reagenzglas eine geringe Menge einer dunkelgrün blubbernden Mixtur in den Händen. Sie roch grauenhaft, und obwohl es sicherlich nicht sehr vernünftig war, beschloss ich, etwas von der Flüssigkeit auf meine Zunge zu tröpfeln.

Nichts. Mehr Mut, dachte ich und schluckte den Inhalt des Reagenzglases mit einem Mal hinunter. Es war mit Abstand das Scheußlichste, was ich je zu mir genommen hatte. Als ich es hinunterwürgte, fühlte es sich an, als würde das Zeug, nicht wie jede andere Flüssigkeit die Kehle hinunterfließen, sondern sich zu einer Kugel zusammenziehen und in dieser Form wie ein bleierner Ball in meinen Magen plumpsen. Mein Körper wehrte sich heftig dagegen und ich musste mich kurz darauf übergeben.

Die logische Schlussfolgerung war, dass die geheime Zutat etwas sein musste, was das Zeug genießbar machte. Doch egal, wie sehr ich mich bemühte, jedes Mal, wenn ich eine neue Variante des Elixiers mischte, war der Effekt derselbe und ich kotzte es wieder aus.

Als Professor Grünstein und Jenny mich etwa eine Woche vor unserer Abreise nach Portugal nach den Fortschritten meiner Arbeit befragten, musste ich ihnen leider mitteilen, dass ich, abgesehen davon, ein sehr effektives Brechmittel entdeckt zu haben, rein gar nichts herausgefunden hatte. Wenigstens hatte sich der Experte aus China gemeldet und mir mitgeteilt, dass die wahrscheinlichste Übersetzung von „Jingjin" seiner Meinung nach „Ein plötzlicher energiegeladener

Zustand des Geistes" sei. Was genau das bedeuten sollte, wusste er aber auch nicht.

Am Tag des Abflugs kam Jenny, die für mich gepackt hatte, mit meinen Taschen in die Werkstatt und ein Taxi wartete bereits vor der Tür, um uns zum Flughafen zu bringen. Ich hatte ein letztes Mal die Zutaten genau wie im Buch beschrieben zusammengebraut und blickte hoffnungslos auf das grünliche Gemisch. Was in aller Welt war diese verdammte letzte Zutat?

Jenny gab mir einen Kuss auf die Stirn und meinte, ich solle mich entspannen und von jetzt an unseren Urlaub genießen, und Professor Grünstein gratulierte mir, weil ich in den letzten acht Wochen so ausdauernd und gewissenhaft gearbeitet hatte wie nie zuvor. Das allein sei schon als Erfolg zu werten. Scheinbar war nur ich unzufrieden mit meiner Leistung. Widerwillig nahm ich die letzte Mischung, um sie im Eisfach bis zu meiner Rückkehr aufzubewahren.

Genau in diesem Augenblick schnitt ich mich versehentlich an einem kaputten Reagenzglas und ein bisschen Blut tropfte in das Glas mit dem Elixier. Da geschah etwas Merkwürdiges. Mit einem Mal hörte das Gemisch auf zu blubbern und wurde farblos und klar wie Wasser. Ich traute meinen Augen nicht.

„Komm jetzt, wir müssen los", rief Jenny ungeduldig. Ungläubig sah ich auf die Flüssigkeit in dem Gefäß. Hatte ich eben durch Zufall die geheime Zutat gefunden? Was stand noch gleich in dem Buch? Eine Zutat, die nur einen Namen trägt, aber doch von Person zu Person verschieden ist. Blut! Das könnte es tatsächlich sein, dachte ich.

Ohne lange zu zögern schluckte ich alles hinunter, nahm meine Tasche, verabschiedete mich von Professor Grünstein und setzte mich zu Jenny ins Taxi. Noch beim Austrinken der Flüssigkeit spürte ich wieder, wie sie sich zu einer Kugel verformte und in meinen Magen fiel. Ich wusste, was gleich passieren würde, und wollte gar nicht daran denken, wie Jenny reagieren würde, wenn ich gleich das Taxi vollkotzen würde und wir dadurch womöglich noch unseren Flug verpassten. Aber zu meiner Verwunderung musste ich mich weder übergeben noch wurde mir schlecht. Ich hatte die geheime Zutat gefunden.

Meiner Theorie zufolge musste ich jetzt nur noch diesen mysteriösen „Jingjin"-Zustand erreichen und dann würde das Elixier seine magische Wirkung entfalten. Keine drei Stunden später erreichten wir Lissabon, von wo aus Jenny bereits unsere gesamte Reise geplant hatte. Wir fuhren mit einem Bus in den Norden, die Atlantikküste entlang, bis wir einen kleinen, entlegenen Campingplatz erreichten. Ich hatte die Busfahrt über geschlafen, doch als wir unser Ziel gegen Nachmittag erreichten und ich der wilden Natur der Atlantikküste gegenüberstand, war ich mit einem Mal hellwach. Die belebende Wirkung einer frischen Meeresbrise ist ja durchaus bekannt, aber ich spürte mehr als nur das. Ein Gefühl tiefer Verbundenheit mit der Kraft des Ozeans überkam mich und ich bemerkte, wie etwas in meinem Bauch langsam wärmer wurde. Die Natur um mich herum schien auf unerklärliche Weise mit dem Gemisch in meinem Bauch zu reagieren, denn ich spürte deutlich, wie es sich langsam in meinem Körper ausbreitete.

Es ging ein starker Wind und laut Karte trennte uns von dem Campingplatz ein Fußmarsch von etwa zwei Kilometern. Ich fühlte mich, als könnte ich Bäume ausreißen, und schulterte sowohl meine Tasche als auch Jennys Rucksack und wir machten uns auf den Weg. Nach der halben Strecke ließ es mir keine Ruhe mehr. Ich wollte wissen, ob das Elixier bereits zu wirken begonnen hatte, ließ die Rucksäcke fallen, lief zu einem riesigen Felsbrocken am Straßenrand und hob mir fast einen Bruch. Egal, wie oft ich Jenny fragte, ob sie sich auch sicher sei, der Fels hatte sich leider nicht im Geringsten bewegt. Meine Fähigkeiten schienen sich also in menschlichen Sphären abzuspielen und außer einer unerklärlichen Freude über die Schönheit der Natur und dass ich mich kräftig fühlte, spürte ich keine weiteren Wirkungen, welche eindeutig auf das Elixier zurückführen waren.

Nachdem wir uns ein Zelt geliehen und es aufgeschlagen hatten, machte ich mit Jenny einen Spaziergang ans Meer. Es ging ein starker Wind, und während wir barfuß durch die Wogen wanderten, spürte ich meinen Bauch wieder wärmer werden. Wir saßen eine Weile nebeneinander und genossen den Ausblick und ich erzählte Jenny, dass ich vor unserem Abflug noch mal das Gebräu getrunken hatte und irgendetwas davon zu wirken begonnen hatte, ich aber nicht genau sagen konnte, was es war.

Plötzlich fokussierte ich instinktiv einen Punkt weit draußen auf dem pechschwarzen Ozean. „Ich glaube, wir sollten ein paar Schritte zurückgehen", sagte ich zu ihr. „Nur so ein Bauchgefühl." Wir entfernten uns von dem Fleck, an dem wir gesessen hatten, und mein Bauch kühlte ab. Plötzlich spülte eine riesige Welle an Land und überschwemmte genau den Punkt, an dem Jenny und ich noch vor einer Minute gesessen hatten. Es war zwar keine wirkliche Bedrohung, aber wir wären mit Sicherheit komplett durchnässt gewesen, wenn mich nicht irgendwas vor der nahenden Welle gewarnt hätte.

Mein Bauch beruhigte sich wieder und an diesem Tag geschah nichts Außergewöhnliches mehr, sodass Jenny und ich einen romantischen Abend in einem nahe gelegenen Restaurant direkt am Strand verbringen konnten. Auf dem Rückweg rief ich in der Werkstatt an und teilte Professor Grünstein mit, was das Gemisch bisher mit mir anstellte. Er war ungewohnt aufgeregt am Telefon, und als ich ihn drängte zu sagen, was los war, erzählte er mir von einem Anruf, den er kurz nach unserer Abreise erhalten hatte. Der Anruf war aus London gekommen, und zwar von einem gewissen Edward Grim, jenem psychopathischen Genie, dessen einziges Ziel es war, hinter die geheimen Erfindungen von Professor Grünstein zu gelangen.

Grim war zu dem Schluss gekommen, dass ich jemand war, mit dem man den Professor erpressen konnte, und nachdem er in Erfahrung gebracht hatte, wo ich mich derzeit aufhielt, war er uns nach Portugal gefolgt mit dem Ziel, Jenny und mich zu entführen. Im Zelt erzählte ich Jenny davon, was wohl mit die dümmste Idee war, die ich seit Langem gehabt hatte. Jenny wurde panisch, tat kein Auge mehr zu und machte aus jedem knacksenden Zweig gleich einen Mörder.

Ich war mir ziemlich sicher, dass uns niemand auf den Campingplatz gefolgt war und wir dort vorerst in Sicherheit wären. Jenny versuchte ich zu beruhigen, indem ich ihr erzählte, dass die Wirkung des Tranks mindestens eine Woche anhalten würde und ich ja nun, wie sie gesehen hatte, Gefahren voraussehen konnte. Allerdings glaubte ich langsam, dass ich dem Elixier wohl irgendeine Zutat falsch beigemischt hatte und die Wirkung deshalb nicht so übermenschlich ausgefallen war, wie es in dem Buch beschrieben wurde. Dennoch war ich stolz, dass überhaupt was passiert war.

Der folgende Tag war sonnig und wir beschlossen, einen Tagesausflug in die nahe gelegene Stadt Coimbra zu unternehmen. Die Busfahrt dauerte etwa eine Stunde und nach einem kleinen Spaziergang erreichten wir die Altstadt. Wir hatten es uns gerade in einem kleinen Café gemütlich gemacht, als sich mein Bauch wieder meldete. Es war eine weitaus schwächere Warnung als in der Nacht zuvor, aber irgendetwas sagte mir, dass ich auf meine Umgebung achten sollte.

Wir setzten unseren Stadtbummel fort und tatsächlich fielen mir zwei schwarz gekleidete Männer auf, die sich scheinbar für exakt dieselben Orte interessierten wie Jenny und ich. Gegen Nachmittag wollte Jenny eine Kathedrale besichtigen, die wir auf der Hinfahrt gesehen hatten und die etwas abseits auf einem kleinen Hügel lag. Weit und breit war keine Menschenseele zu sehen, bis plötzlich ein Auto den kleinen Pfad zur Kathedrale hinauffuhr. Mein Bauch schlug wie wild Alarm. Ich nahm Jenny am Arm und auch ihr war sofort klar, dass ich etwas witterte.

Wir liefen in die Kathedrale, schlossen die Tür und versteckten uns hinter dem Altar. Das Auto parkte und kurz darauf betrat jemand das Innere der Kathedrale. Ich hörte seine Schritte, begleitet von einem kratzenden Geräusch, als würde jemand etwas am Boden hinter sich herschleifen.

„Na, kein Grund, sich zu verstecken", hörte ich eine mir nur allzu bekannte Stimme, die mir kalte Schauer über den Rücken laufen ließ. „Ich nehme an, der gute Professor Grünstein hat Sie vor meiner Ankunft in Portugal gewarnt. Nun, am besten, Sie und Ihre Freundin kommen gleich mit uns mit, sonst muss ich meine zwei gewaltbereiten Freunde hier einsetzen und das könnte, nun ja, etwas unschön werden, nicht wahr?" Ich wagte einen Blick und sah dieselben Männer, die uns in der Stadt gefolgt waren, neben dem hageren Edward Grim stehen. „Warum hat er eine Nachttischlampe an einer Hundeleine bei sich?", fragte Jenny, die ebenfalls einen Blick riskiert hatte. „Ich sagte dir doch, dass er nicht ganz dicht ist", antwortete ich.

„So, Helga, du wartest hier, bis Herrchen die beiden gefangen hat", sagte Grim zu der Nachttischlampe. „Komm, Jenny", rief ich, von meinem Bauch getrieben, und wir liefen zu einer Treppe im hinteren Teil der Kathedrale. Am oberen Ende der Treppe war ein kleines Fenster. Ich öffnete es, kletterte auf den Sims und quetschte mich hindurch. „Das funktioniert!", sagte ich und gab Jenny die Hand, um ihr nach draußen zu helfen. Im selben Moment kam einer der Männer um die Ecke, schnappte sich Jennys Bein und zog sie wieder nach drinnen. Ich verlor dabei das Gleichgewicht und fiel auf den harten Sandboden vor der Kathedrale.

Eine Mischung aus Adrenalin und Schock schoss durch mich hindurch und eine unglaubliche Hitze breitete sich in meinem Körper aus. Es war, als strömte reine Energie durch mich hindurch, und ich merkte, wie nach und nach all meine Sinne von dem Vorgang erfasst wurden.

Dann ließ der Hitzeschwall nach und ich stand auf. Mir war sofort klar, was passiert war. Ich hatte „Jingjin" erreicht. Wie in Zeitlupe sah ich einen meiner Verfolger aus dem Fenster steigen und zu mir runterspringen. Er lief auf mich zu und griff an, doch seine Bewegungen kamen mir langsam und schwach vor. Mit unglaublicher Leichtigkeit wich ich seinen Attacken aus, packte seinen Arm und schleuderte ihn drei Meter durch die Luft gegen einen Baum, wo er zu Boden fiel und regungslos liegen blieb.

Ich konzentrierte mich auf das Innere der Kathedrale und hörte durch die Wände das siegessichere Lachen Edward Grims. Er und der andere Mann bewegten sich mit Jenny in Richtung des Vordereingangs. Flink wie ein Affe kletterte ich das Gewölbe hoch und befand mich kurz darauf über dem Haupteingang auf der Spitze des großen Torbogens.

Edward Grim kam zuerst heraus. „Wofür braucht dieser Dummkopf so lange? Das Mädchen reicht mir nicht. Ich brauche den Gehilfen des Erfinders", sagte er ungeduldig, während er seine Nachttischlampe hinter sich herschleifte. Der andere Mann kam mit der strampelnden Jenny unter seinem riesigen Arm nach draußen. „Schaff sie ins Auto und dann such den Jungen", sagte Grim.

„Ich bin hier!", rief ich, schwang mich heldenhaft von dem Torbogen hinunter und schnitt ihnen den Weg ab. Der riesenhafte Hüne vor mir ließ Jenny los, renkte sich krachend den Nacken ein, grinste und kam auf mich zu. Ich duckte mich, als er versuchte mich zu greifen, und setzte einen Hebelwurf an, den kein Judoka besser gemacht hätte. Der Riese ging mit einem Donnern zu Boden. Ich sah zu Grim hinüber, der mit ausgestrecktem Arm und zitternder Hand in meine Richtung zeigte. „Wa..., wa... was bist du?", stammelte er und auch Jenny sah mich ziemlich erschrocken an. Kleine Lichtblitze umgaben meinen Körper und mit jedem Atemzug kam grünlich leuchtender Dampf aus meinen Ohren, meiner Nase und meinem Mund.

Edward Grim griff in seine Manteltasche und richtete einen Revolver auf mich. „Eine Falle!", schrie er. „Du bist kein Mensch, sondern eine teuflische Erfindung des Professors, geschaffen, um mich zur Strecke zu bringen. Aber nicht mit mir, nicht mit Edward Grim."

Was nun geschah, übertraf wirklich jegliche Erwartung, die ich jemals an die Fähigkeit des Trankes gehabt hatte. Ich sah Grims Zeigefinger sich krümmen um den Abzug zu betätigen, sprang los und schaffte es in Sekundenbruchteilen, ihm die Hundeleine zu entwenden und seine geliebte Nachttischlampe an meiner Stelle in die Schusslinie zu werfen.

Der Schuss fiel, traf die Glühbirne und die Nachttischlampe ging zu Boden „Helga, nein! Was habe ich getan!", schrie Grim und Entsetzen erfüllte sein Gesicht. Er ließ die Waffe fallen, sank auf die Knie und fing an zu weinen. Jenny rief die Polizei, die bald darauf den gefesselten Edward Grim und seine beiden Helfer abholte. Zum Glück hatten, als die Polizei aufkreuzte, die Blitze und dämonischen Dämpfe, die ich verströmte, bereits aufgehört und auch sonst schien sich mein Körper wieder beruhigt zu haben.

In einem ausgiebigen Telefonat mit Professor Grünstein informierte ich ihn über die Geschehnisse und teilte ihm mit, dass ich wohl auf irgendeine Weise den „Jingjin"-Zustand erlangt hatte, da ich für kurze Zeit zu einer Art Superheld mutiert war. Professor Grünstein war heilfroh, dass Edward Grim erst mal wieder hinter Gitter gebracht werden würde und uns nichts zugestoßen war.

Außerdem hatte der Professor in einem antiken Pergament eines Heilmeisters gelesen, dass man „Jingjin" auf zwei Weisen erlangen konnte. Einmal durch starke Gefühlsausbrüche oder Schockzustände, wie etwa im Angesicht des Feindes inmitten des Schlachtfeldes. In dieser Form würde der Zustand allerdings nie lange anhalten und sehr schnell wieder verfliegen. Der andere Weg ermöglicht es einem, „Jingjin" langfristig zu halten, aber leider konnte er nur durch jahrelanges Meditieren erreicht werden.

In den folgenden zwei Wochen war jegliche Wirkung des Trankes verschwunden, woraufhin ich ernsthaft in Erwägung zog, mit Meditation anzufangen. Jenny fand es zwar auch unheimlich romantisch und heldenhaft, wie ich sie vor unseren Verfolgern beschützt hatte, aber die monsterhaften Züge und meinen irren Blick, den ich scheinbar unter Einwirkung des Tranks gehabt hatte, fand sie eher unheimlich und sie war froh, ihren alten Barthel wiederzuhaben.

Auch ich war ziemlich zufrieden mit dem, der ich war, und ich erinnerte mich an die letzten Jahre und an alles, was ich bereits erlebt und gelernt hatte und wie viel davon ich Professor Adalbert Grünstein verdankte. Wahrscheinlich wäre ich heute weder Erfinder noch hätte ich Jenny kennengelernt, wenn ich Professor Grünstein damals nicht begegnet wäre, und ich beschloss als eine Art Danksagung an Adalbert Grünstein all die Abenteuer, die wir gemeinsam erlebt hatten, niederzuschreiben und sie ihm zu schenken.